生命驿站

临终关怀经典个案叙事

主　　编	李惠玲	曹娟妹	徐　寅	
副主编	丁　蔚	王　琴	葛永芹	杨如美
	张咏梅			
编　　委	季　娟	张挺梅	张翠萍	许　静
	施玉林	薛科强	胡梦蝶	赵助锦
	刘　璐	钱淑君	叶芹凤	陈丽娟
	谢莉莉	陈　诗	周　坤	葛宾倩
	张　芳	杨婷婷	杨晓莉	白文怡
编写秘书	孙　锐	廖　颖		

图书在版编目(CIP)数据

生命驿站:临终关怀经典个案叙事/李惠玲,曹娟妹,徐寅主编.—苏州:苏州大学出版社,2018.8
 ISBN 978-7-5672-2587-9

Ⅰ.①生… Ⅱ.①李…②曹…③徐… Ⅲ.①散文集—中国—当代 Ⅳ.①I267

中国版本图书馆 CIP 数据核字(2018)第 184127 号

书　　　名	:	生命驿站:临终关怀经典个案叙事
主　　编	:	李惠玲　曹娟妹　徐　寅
策　　划	:	刘　海
责任编辑	:	刘　海
装帧设计	:	刘　俊
出版发行	:	苏州大学出版社(Soochow University Press)
出 品 人	:	盛惠良
社　　址	:	苏州市十梓街1号　邮编:215006
印　　刷	:	苏州工业园区美柯乐制版印务有限责任公司
E-mail	:	Liuwang@suda.edu.cn　　QQ:64826224
邮购热线	:	0512-67480030
销售热线	:	0512-67481020
开　　本	:	787 mm×960 mm　1/16　印张:10.5　字数:117千
版　　次	:	2018年8月第1版
印　　次	:	2018年8月第1次印刷
书　　号	:	ISBN 978-7-5672-2587-9
定　　价	:	29.00元

凡购本社图书发现印装错误,请与本社联系调换。
服务热线:0512-67481020

序

  生命的驿站，也许没有永远。当你遇到被病痛折磨得痛不欲生的生命处在岁月尽头时，最后的时光里，请你用一颗温暖的仁心，伸出你温柔的臂膀，轻轻地给他喂水、擦身、沐浴……把祝福和来世的美好传送在他耳畔，满足他最后的身心需要，让生命最后的时光含笑、岁月凝香，给生命带去洁净、平静、安宁的美好，享受最后一束阳光，达到"优逝"境界。

  护理管理者、教育者和临床实践者在临终关怀中承载着重要的责任，临终关怀作为对生命的终极关怀，其意义完全不仅是形而下之具体的技术，更多的是形而上的关怀精神，是道与术的融合。鉴于国内临终关怀的"白垩纪"时期结束以及起落曲折的发展过程，笔者认为，解决精神层面的概念和理念至关重要。

  从仁学角度，生命的终极过程需要"有尊严地死亡"，如何做到这一点至关重要。认识到有尊严的死亡远比一般意义上的生物医学模式概念下的"尸体护理"更有对生命的敬畏和关怀。可以想象，当死亡来临时，伴着患者生前喜欢的音乐，专业人士或家人给患者洗漱、更衣、化妆，患者和家人一一道别，这样的死亡场景远比在一片哭声中"一条龙"服务仓促地将尸体粗硬地放入木棺更有人性。医护人员常常面临这样的选择难题：在病人痛不欲生的阶段，是选择冬眠或麻醉，还是为了坚守救死扶伤的革命人道主义精神和义务，生命不息、抢救不止？有时医护人员甚至无奈地被患者家属苦苦哀求，对患者进行无谓的心脏按压或者气管插管，患者生命的尽头充满了凄苦和被动的折腾，毫无尊严可言。

这本临终关怀经典个案叙事记录了我们团队的每一位安宁照护者，在26位患者生命的最后时光所给予的终极关怀。我们本着尊重、爱护、平静、安宁、洁净的护理目标，在医生的支持和家属的理解、协同、配合下，针对每一位临终者不同的躯体和精神需要，给予生理与心灵乃至家庭支持系统的个性化照护和关怀。从2003年至今，15年的岁月中且行且探索，一步一个脚印。感恩团队中的每一位实践者和关怀者，感恩26位临终者及家人的理解和默契，感恩医生与其他同道们的协同和支持。

26位临终者的故事有长有短，关怀需求也各不相同，但有尊严的"优逝"境界却是高度地和谐一致。在他们即将离开人世的最后时光里，生命之花绽放、生命之光燃烧，今天与大家分享时，依然感动着……

走近我，温暖你！

李惠玲
2018年4月15日于京沪列车上

目 录

让生命之花绽放	/1
和你一起走过的日子	/5
一起为你的六十岁生辰努力	/9
不能言说的秘密	/14
脑海中的橡皮擦	/19
且行且珍惜	/23
哀伤护理中的恻隐之心	/27
生命的最后时光	/32
对他们,请放慢脚步	/37
请再给我一点时间	/42
愿此生温情与共	/46
归家	/51

一堂关于生死的暖心课	/54
静静守护你	/58
淡然优逝	/63
让生命带着尊严谢幕	/66
生命的感悟	/69
陪伴是最长情的告白	/73
家：生命的港湾	/77
生命最后的温暖	/82
用心珍藏每天	/86
终点	/91
记得	/96
生命的主人	/100
无名战士	/103

最后的心愿 /107
屋里弥漫着薰衣草的芬香 /110
附录
   国家卫生和计划生育委员会办公厅关于
      印发安宁疗护实践指南（试行）的通知
                              /114
   安宁疗护实践指南（试行） /115
   中国文化视野下的安宁照护 /152

让生命之花绽放

　　生命的最后时光，依然有着美好，每一段生命旅程，都需要鲜花与掌声、欣赏与赞美、快乐与自信！

　　黄女士，一位被癌症疼痛折磨得皮包骨头的母亲，对孩子、丈夫和其他家人依然牵挂眷恋着。作为黄女士的床位护士，我听着李主任来看望黄女士时那轻轻的充满柔性的话语，还有那份真和爱，我既被感动又被触动，决心跟着李主任一起做好安宁照护，传递仁心大爱。

　　记得第一次李主任来病房查房，查到黄女士时，床位护士悄悄告诉李主任，黄女士原是市政府办公室的一位美女白领，病前的照片好美好有气质，近期她的家人带了以前的相册来，黄女士回避看往日美好的自己……李主任是国家二级心理咨询师和健康管理师，凭着已有的经验和一位中年女性的同理心，李主任采用了一个让我们惊讶的对策。

　　查房那天下午，李主任利用中午休息时间去丝绸店选了一条鲜艳的红色带花的真丝围巾交给我，让我送给患者，给她做头饰。李主任还带了一本安宁照护方面的书,上面有她写给患者先生的话:"当您需要时,有一双援手随时等待着您!"让我转送给黄女士的先生,这使我很感动!——李主任那么忙却那么细心周到,不但要照护患者,还细心地关心家属。当我把漂亮的丝巾送到黄女士床旁时,黄女士先是愣了一下,然后她笑了,甜甜的,很好看。她轻轻地说道:"帮我谢谢李主任。"我又悄悄把书和名片送给了患者的先生,她先生带着激动又感动的声音连声说:"谢谢,谢谢,李主任真是雪中送炭啊。"

一个小时后,到了为黄女士更换背上水胶体敷料透明贴的时间了,我走进病房便看见鲜艳的丝巾已经围在黄女士的脖子上,而且在侧面打了一个蝴蝶结,很好看。这是她深切地体会到李主任的良苦用心后的影响力交感。饱受癌痛折磨的黄女士是多么需要这种特别温暖的关怀啊。我轻轻地对黄女士说:"您围了丝巾真好看!"更换透明贴时我先把空调的温度调高,轻轻告诉黄女士我们都是吴江震泽的,是老乡,然后开始用家乡话和她聊:"儿子几岁了?成绩怎样?"她说:"13岁,成绩一般。""比我儿子小一岁,我儿子成绩也不好。"然后探讨了一下国内外教育体制的不同,感觉我们之间亲近了很多。

室温上去了,我让她坐着(由于疼痛,侧睡无法达到换药需要的体位),她头和手臂趴在她妈妈背上,整个脊柱就是一层皮包着,有一两个地方表皮脱落,黏膜红而嫩。看着这一幕,我的心里涌动着酸楚,我暗下决心:一定要尽最大的努力减轻她的痛苦。我轻轻撕去原来的透明贴,用生理盐水把她的背部清洗干净,待干后轻轻贴上透明贴,平整到位,尽量减少频繁更换,因为她坐着很累。换好后扶她躺好，床头抬高 45 度，让她安静休息。

第二天，由于腹腔严重转移，大量血性腹水造成她严重腹胀，肠瘘腹膜刺激造成腹痛，又由于太瘦和出虚汗，芬太尼透皮贴剂无法和皮肤紧密覆合，而肠瘘又让她无法口服止痛药，所以止痛只能靠注射吗啡。黄女士已经被这蚀骨的疼痛折磨得话都说不清了，她一直担心吗啡用多了会成瘾、有副作用，所以有时即使很疼她也熬着不说。我轻轻地握住她的手，耐心地跟她说着："您有痛一定不能熬着，要及时告诉我们，因为您有痛，所以用吗啡是不会成瘾的。如果您熬着疼痛，会严重影响你的精神、休息，这样对你来说是雪上加霜。吗啡是"女神"，她可以缓解您的疼痛，让您舒舒服服地休息，好好地睡觉，重要的是吗啡的副作用很小，所以您要是腹胀难受一定要及时告诉我们，我们会根据您的疼痛评分及时给您注射吗啡止痛的。既然活着，我们就一定要有质量地活着，不要让疼痛折磨自己。"因为是老乡的缘故，黄女士放心了不少，整个人也没那么紧张了。看到黄女士如此痛苦，在跟医生及家属商量好后，我给她静脉注射了 10mg 吗啡。黄女士真的很辛苦，她的头脑很清醒，疾病折磨得她太痛苦，我想多帮她减轻痛苦，让她舒服些。在和医生及家属沟通之后，我打算必要时对她采取冬眠疗法。

那天她同学来探望她，她吸着氧，眼睛微眯，只露出少许眼白，整个人更虚弱了，我轻轻地喊醒了她，用喷雾器往她嘴里喉咙口喷了水雾，帮她擦干口角，她轻轻喊出了同学的名字："吴昊。"我转告她同学，她同学点点头，眼眶湿润。

她的大脑清醒，虽然有时她似乎睡着，但她能感受到大家的关心。她很信任我，正是这种信任，使她在最后的日子里不是那么恐慌，尽管最终，她还是离开了人世……

　　我护理过很多很多临终患者，每一个生命的离去总是会触动我的心灵。我总是想着怎样才能减轻患者的痛苦，怎样才能提高他们短暂余生的生活质量，怎样才能满足他们的需求，怎样才能让他们在生命的最后时刻能活得有尊严，怎样才能让他们安静、平和、无憾地离开这个世界。要做的还很多，跟着李主任用一颗爱心把安宁照护做好，让临终者最后的生命之花绽放，哪怕只有一天，也弥足珍贵。

（曹娟妹　李惠玲）

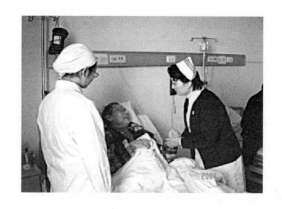

# 和你一起走过的日子

老张,叫你老张是因为你比我年长10岁,今天想起你,你坚强、幽默、沉稳的样子还是像以前一样,突然想一边听着雨声一边把我们一起走过的那段日子写下来。

初识老张是两年前,老张你得了小细胞肺癌,不宜手术来我科化疗,不知为什么用在别人身上有用的化疗方案用在你身上却总是没用。换了一个又一个化疗方案,接着放疗、靶向治疗,所有该用的你都那么配合地用了,可是你还是得一次又一次地面对病情的恶化。看得出有时候你也失望颓废,可我还没来得及对你说出鼓励的话,你一下子就已经调整好心态和我说说笑笑了。我知道在家里你是顶梁柱,你温柔善良的夫人和刚工作的女儿都那么需要你,你必须坚强。

老张,这次你还是自己开车来住院了,完成第九次化疗加靶向治疗后,你出现了乏力和食欲下降,门诊查血常规白细胞 $0.65 \times 10^9/L$,血小板 $30 \times 10^9/L$,出现了四度骨髓抑制。我们把你安排在层流洁净床上,我告诉你,你白细胞下降的危险程度导致你的抵抗

力非常非常差,身体非常容易出现感染,而一旦发生感染就会很凶险,所以必须把你保护起来。你幽默地说:"服从领导安排。"然后我絮絮叨叨地对你和夫人说了一些注意事项,比如保持口腔、皮肤清洁,注意饮食卫生,多饮水。我还特别强调由于你的血小板很低,所以容易出血,要小心磕碰,大便时不能用力,饮食不能带骨带刺,等等。你和夫人听得好认真,一一记在心头。接下来的日子,你每天注射重组人粒细胞集落刺激因子和重组人白介素-Ⅱ以提升白细胞与血小板,每天查血常规。六天后,你的白细胞上升至4.5×10^9/L,血小板上升至61×10^9/L,当我把验血报告告诉你,并告诉你可以不住层流洁净床时,你露出灿烂的笑容说:"终于可以不关在笼子里了。"

老张,那天早上我到你床边,你皱着眉告诉我右肩部酸痛,由于疼痛晚上没睡好,现在还是比较痛。我心一酸说:"老张,你过了四度骨髓抑制的难关,癌痛又找上你了,既然它来了,我们就一起面对它,好吗?"老张,我记得你默默地点了点头,然后我教你怎么根据自己的疼痛情况评分。还记得我告诉你:"0分"表示不痛;"10分"表示无法忍受的极度疼痛;"1~3分"表示轻度疼痛,不影响睡眠;"4~6分"表示中度疼痛,影响睡眠;"7~9分"表示重度疼痛,睡眠严重受干扰。分数越高表示越痛。你一下子就明白了我的意思,我问你:"老张,你觉得你现在的疼痛有几分?"你确定地告诉我"6分"。当我把你的情况和医生沟通后,医生直接给你用了盐酸羟考酮(奥施康定)10mg,每12小时一次。我告诉你不管痛不痛,要按时服药,如果有痛要及时告诉我们。为预防便秘,我指导你每天口服乳果糖口服液通便,然后又给了你一些疼痛相关知识的小手册，让你有空看看。没想到当天晚上你还是出现了两次 6 分的爆发痛，皮下注射吗啡后才缓解了，所以第二天你的盐酸羟考酮剂量调整至 20mg，每 12 小时一次。老张，还记得你当时犹豫了，你担心吃多了会成瘾，我告诉你只要你有疼痛存在，吃药是不会成瘾的，而且疼痛会影响你的睡眠、情绪、食欲，严重降低你的生活质量，所以我们一定要把疼痛控制好，有质量地活着，老张你说"我听你的"。

　　一个月后，这次是夫人开车送你住院的。记得那天我到你床边，看着你虚弱憔悴的样子，我叫了你一声"老张"，你伸出了手，我也伸出了手，我们握在一起，你气喘着，我说："老张你别说话，我知道。"我们给你吸了氧气，抬高了床头，让你安静休息。后来的 CT 证实你的肺内多发转移，肝脏多发转移，生化全套显示肝功能受损。你那善良的陪你一路走来的夫人隐忍着泪水始终支持着你，有时我看到她背着你偷偷地流泪。我意识到你也许时日不多了，下午我对你夫人和女儿说了你的情况，她们一直在默默地流泪。看着她们的样子，我想起了我 20 岁那年妈妈突然离世时，我和弟弟是何等伤心无助、无法应对。我和你夫人商量："可否让我和老张谈谈他现在的情况，看他能否把该安排的安排好？"你夫人非常信任我。第二天，你病情稳定了，我坐在你的旁边，我说："老张你感觉怎样？"你看了我一眼说："这次应该过不去了吧？"我说："老张，我们每个人从出生那一天开始都是奔着一条路走的，不管过程怎样，我们看看走走，最终我们都得到那条路上。如果你先走了，你夫人和女儿她们两个女人到时候很多事情不知道怎么弄，而且有的事情也很复杂，是不是你可以考虑一下把一些事情安排一下？"我清楚地记得你说：

"谢谢你啦，我会安排好的。"你是一个果断、稳重的男人，当天下午你就叫来了你最好的朋友，咨询了相关的问题，预约了公证处。两天后，你在夫人、女儿和朋友的陪伴下去公证处对房产等做了妥善安排。

接下来的日子，你的身体越来越虚弱，由于肝区胀痛，你的盐酸羟考酮的剂量已经调整至 160mg，每 12 小时一次。你胸闷，持续吸入氧气，你每天只能吃一些流质食物。夫人每天陪在你身边，每天帮你洗脸、擦身、按摩。虽然疾病折磨着你，但你看上去还是清清爽爽，有时还挤出一丝笑容对我点点头。那天你和夫人对我说，你想安安静静地走，不要勉强了，我们都明白你的意思。三天后的早晨，你停止了呼吸，没有给你任何抢救，在亲人的陪伴下你安安静静地走了。

老张，外面的雨还在淅沥沥地下，愿你在另一个世界安好。

（曹娟妹）

一起为你的60岁生辰努力

虹，女，59岁，卵巢癌四期术后一年半广泛腹腔及肺转移，入住我院肿瘤科接受化疗，但是效果不佳。在此期间出现不全性肠梗阻，胆囊颈部结石嵌顿，最终颅内转移，此过程护士主导的医、护、家属团队协同努力，病人参加，获得无痛和安宁的生命最终6个月，在60岁生辰后平静离世。

一、成功手术、化疗和中医辅助

对卵巢癌四期手术的病人来说，化疗无疑是首选方案。带着上海肿瘤医院专家建议的方案，虹与先生开始了艰苦的化疗旅程，所幸只有6次，从呕吐到脱发，反应一次比一次轻。因为虹的家和我的家靠得很近，于是我可以为她做水晶油爆虾和糖醋小排，把她的胃口吊起来，好的食欲让虹对化疗的耐受力持续良好，终于在夏季来临前完成了化疗。夏季来临时，虹穿着漂亮的衣裙和先生一起外出旅游，很快乐，庆贺新生。初秋时节，开始选择中药辅助治疗，她先生很是虔诚，如同核准税价一般定期去上海取药、认真熬制，并将这逐渐作为他生活的一部分功课。虹渐渐摆脱晚期卵巢肿瘤的阴影，进入往日的生活常态。

二、一年后的广泛转移、肠梗阻的舒缓疗护

随着病人角色的淡化，虹又开始忙碌和操持家事，眼看手术后的又一个春节即将来临，远在美国的孙女和小孙子回国了，虹好高兴，她为孙女和孙子准备房间、布置小孙子的玩耍空间。此时，小孙女感冒了，发着高烧，虹也发烧了，以为被孙女传染了，可到医院检查后发现腹腔积液，癌细胞又席卷而来……

住院后，虹感到腹胀，难以进食，腹部增强CT提示肠梗阻。虹按照医嘱进食，食物口感很差，我给虹煮了鱼汤、粥汤，并告知她的家属，只要有大便，就可以给她进食流质和半流质，慢慢调理。我和主任、床位医师商议给她少量靶向药物试用，辅以营养支持。7月6日，腹部增强CT显示其肠道竟然通畅了，虹开始半流加上口服营养液支持，各项指标正常，虹出院回家了。

三、胆颈管结石嵌顿的痛苦化解

虹的肠梗阻解除不久，便回家自由地吃东西了。因为有了肠梗阻的经历，虹自己格外小心，但好不容易能够通畅的肠道让她有了饥饿感，从流质到半流质，直到软食，先生每天变着花样给她做好吃的，虹也胃口大开，油豆腐塞肉、酱爆虾……可是稍多吃点，又有腹胀感了。这种感觉频繁发作。B超显示，虹的胆囊颈管有一块石头，而此时，虹的肿瘤指标也升高了，发烧、呕吐，加之腹水，虹陷入了痛苦之中。为了减轻她的痛，我找到B超室主任，请他为

虹做胆囊穿刺引流术。主任看到病人求生欲望甚强，便冒险为她行了穿刺术，虹的体温下降了，疼痛也缓解了……但好景不长，穿刺引流管的存在使她持续高烧，需要抗生素持续保驾，而引流管的牵拉痛和时时带来的行动不便使她痛苦异常。如果能够通过腔镜或者手术解决问题那该多好！

　　床位医生和主任们的意见是腹腔与肠梗阻转移的病人就怕开刀，就怕术后腹腔感染，也有的主任建议通过腹腔镜搏一下。医生们的意见不一致，此时家属的意见和决心就至关重要了。我对家属说："医生们只是主观建议，关键你们家属是否愿意冒险接受手术解决胆囊结石问题？"家属说："患者肠梗阻明显改善，能吃菜和面了，体重增加了，如果能住院外科手术治疗胆囊结石是最好了，治好了胆囊结石胆囊炎再来治疗肿瘤化疗就没有障碍了……"

　　带着这样的决心和期望，我带病人家属与普外科李主任多次沟通，终于达成了手术取石的一致意见。选择了病人身体状况较为许可的时机，请麻醉科会诊后，于一周后病人血象、营养状况、白蛋白基本正常时成功为其在全麻状态做了胆囊切除术。术后病人恢复顺利，于两周后出院回家休养。从流质、半流质到软饭、面条，病人的情绪也逐渐好起来，常常能够听到她的欢笑声……

　　然而，在身体恢复的日子里，癌细胞也在悄悄地快速繁殖，直至肺、骨、脑部广泛转移。虹感到浑身酸痛，需要止痛片和贴膜方能缓解。一天，虹说："我好像脑转移了，因为开水龙头和端碗都摸不准了。"我预感到虹的最后时刻将要来临……

四、一起为你的六十岁生辰努力

虹是一位会计师,家里都是知识分子,虽然现在处于昏睡和浅昏迷交替之间,但她仍然非常干净,整洁,有尊严。李老师走到她身边,用手轻轻地抚摸着她的脸,轻轻地按摩着她的耳垂,凑近她的耳朵,轻声呼唤着她。一遍,两遍,一开始她没反应,慢慢地、慢慢地,她竟然点点头,她微微睁开了眼,她想说什么却又说不出。李老师抚摸着她的脸说:"我知道你要说什么,你想说的我知道,我们不会让你痛苦,我会像以前一样关心你家里的事,你放心吧,你嘴巴有点干,我喂你喝点水吧,想喝你就点点头。"虹的头轻轻地动了一下,李老师拿起碗用勺子把水喂进了虹嘴里,虹慢慢地、慢慢地把水咽了下去。

李老师用听诊器听了虹的肺部,有轻微的痰鸣音,于是细心地帮她翻至右侧位,专业地帮她拍背,一边拍一边鼓励她咳嗽。

李老师轻轻地抬起了虹的小腿,检查了她的肌力,轻轻地按摩了她的腿部肌肉。虹有轻微的足下垂,李老师细心地帮她放置了功能位。

李老师仔细地观察了虹腹部的伤口,看了保留导尿,观察了尿色、尿量,细微地看了她的皮肤。最后虹的意识又有些模糊了,李老师轻轻地再次呼唤她,她似乎听得见又似乎听不见。

我们和虹的爱人一起商量了虹的情况,再过两个星期就是虹的60岁生日,他们希望虹能过完生日再走,儿子也已经订好了从美国回来的机票。家人支持让虹没有痛苦、安安静静地离开,不要抢救,不要任何增加痛苦的治疗。

一起为你的60岁生辰努力

两天后的晚上虹呼吸和心脏俱已衰竭，儿子赶到时她尚有血压，她在亲人的陪伴下安安静静地离开了人世。李老师亲自为虹送上了60朵粉色的玫瑰，在她心跳停止前的15分钟内，亲人们为她提前过了60岁生日。愿虹在亲人和玫瑰花的陪伴下一路走好。

结语：

虹安详地走了，儿子、孙子、先生和其他亲人们都为她在患病两年多的岁月中没有受到很大的痛，尤其是在最后癌细胞广泛转移的情况下洁净、平静、无痛而有尊严地达到"优逝"的生命终极关怀而感动和欣慰，虹的先生说："虹无痛无憾地离开也是对亲人们伤痛的莫大安慰。"

（李惠玲　曹娟妹　葛宾倩）

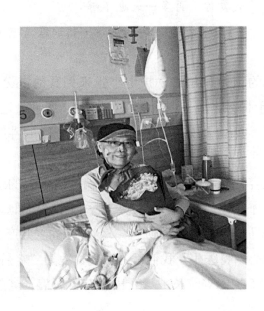

不能言说的秘密

生命改变很快，生活瞬间改变。
你坐下来吃饭，而你熟知的生活结束了。
我们尚在生命途中，却要面对死亡。
我爱你，再多一天也不够。

——琼·狄迪恩《充满奇想的一年》

一个平凡的工作日午后，护士小张来到我的办公室告诉我说："护士长，护士长，老院长今天又来住院啦，您赶紧过去看看。"他又来了，天啊，我按了按太阳穴，感觉到新一轮的斗智斗勇即将拉开序幕……

我带着笑容打开了他病房的大门，躺在病床上的这位老爷爷就是护士小张刚才口中所提到的老院长——陆爷爷，他是为我们医院的建设立下汗马功劳的"老功勋"，一名优秀的老共产党员，同时也是一名资深的心内科医生。我们都习惯地称他为"老院长"。

三年前，85岁的老院长被诊断出患有直肠癌，老院长的儿子不得不做出对症处理姑息手术的决定,他知道他一生要强的老父亲随时都有可能离他而去。他说:"当时我就想哪怕他的肿瘤无法切除完,我也一定要保证他日后的生活质量。所以三年前我就决定不再做更多的创伤性治疗,尽量保证他有相对好的生活质量。"

除了直肠癌之外,老院长还患有老年性痴呆症,这三年来痴呆症也是呈进行性加剧,给我们的工作带来了很大的困难。在初期阶段,他拒绝陪护阿姨的照顾,"我好好的,能吃能走,干嘛要人照顾我?"平日里老院长总是会把我叫到他的身边,拉着我的手告诉我今天他又发现了病房里哪些哪些地方做得不尽如人意,让我尽快整改,然后给他一个满意的答复。我们每一个护士在护理他时都如临大敌、小心翼翼,生怕他又有任何的不满意。后来随着痴呆症的日益加剧,他的脾气日益古怪,更换了好几个陪护阿姨他都不满意,和儿子之间还经常爆发争吵,一周内大约有 4 天的时间,儿子都会被他给气走。我们听得最多的一句话就是:"我再也不要管你了,随便你想怎么样。"陆院长的儿子是来自地段医院的一名全科医生,看着他因为父亲的疾病来回奔波满是疲惫的身影,我也只能劝慰他一切往好的地方想。"护士长,你不知道,我真的很累,每天要上班还要赶过来照顾他,他又这样的不配合,老是给我冠上各种莫须有的罪名,他怎么会变成这样?我真的要受不了啦。"

除了每天害怕他的脾气变坏外,我还叮嘱我们护士要加强对他的巡视和心理护理。他经常会一个人突然离开病房。第一次发现他不见时,我们所有人都急出了一身汗,当我在医院花园内找到他的时候,他告诉我:"护士长,你怎么在这里?院里喊我去开会,我正要赶去呢。"搞得我哭笑不得,只能慢慢把他骗回病房里去。"陆院长,他们打电话来了,说今天的会议改期啦,我们回去吧,下次您要开会要事先告诉我,好吗?我可以找人陪您一起过去。"之后,只要陆院长来住院,要外出开会、打电话给院办谈事情的戏码就不停地在病房里上演。但这次再见到陆院长,我来到他的床边与他打招呼,当他一脸茫然地看着我时,我的内心开始涌现出一丝不安,他的儿子告诉我说:"上次回去后一切都蛮好的,可是最近他经常会连我是谁都不记得了。"原来,全世界都在陆院长的脑海中渐渐远去。

经过一段时间的治疗后,陆院长时而清醒时而糊涂,精神状态已经大不如前了,看着那个半年前还挂着拐杖叫嚣着要打儿子的老人如今屡弱地躺在病床上,我的内心复杂极了。每每看到他的儿子,除了安慰,我不知道还能再说什么,他儿子曾悲痛地对我说:"其实有时候觉得自己挺没用的,做了一辈子医生却连自己的父亲都救不了。"是啊,作为医护人员,我们比谁都明白人终究难逃一死,没有一个人能永远活着,也比谁都了解那种面对死亡的无力感。我们总会遇到别人的死亡,在不同的年纪。这个话题太过沉重,以至于平日里不敢想,也不敢过多地讨论"死亡"这两个字,它会使我们陷入悲伤。

慢慢地,陆院长饮水开始出现呛咳,无法进食,医生为他留置了鼻胃管,他每当清醒时就一直要去扯鼻胃管,甚至连脚都扭动起来,我们只能用约束带把他的手捆绑起来,即便如此稍不注意他还是会拔管,让陪护的阿姨和我们伤透了脑筋。他儿子说:"作为医者,我也很清楚在老爸的年龄少做一点治疗更为理性,对保持他的生命质量更有帮助,但这也是没有办法的事呀,总不能让我眼睁睁看着他活活饿死吧。"

每当我巡房碰到老院长清醒时,他总会向我哭诉:"小徐啊,我又没有做坏事,为什么要把我绑起来?"每每此时我都有些于心不忍,哑口无言。其实我们病房里有很多类似的患者,被插鼻胃管的患者吃下食物,并没有经过味蕾的品尝,无法感受到食物的酸甜苦辣,他们常常会和我说:"护士,我都好久没有吃过东西了。"其实一直以来,我们受到的培训和惯性思维,让很多医疗决定变得相对容易,因为只要采用积极的治疗就行了,在权衡所有因素、面对模棱两可的医疗情况时,我们医生更倾向于做得更多。而实际上,往往医生和家属的积极治疗计划对患者的生命也同样具有毁灭性作用。

有一天临下班时分,我在病房走廊上看到了坐在那里默默流泪发呆的陆院长儿子。陆院长儿子告诉我说,陆院长希望自己能够有尊严地死去,请给他最后的时光留下一点尊严,他不想再被迫插上任何管子。"我突然意识到除了医生的身份外,我首先应该是他的儿子,我答应他了,放弃一切有创的治疗。"当生命已经没有质量可言,当活着的每一次呼吸都是极大的痛苦时,也许听从自然的安排反而是最好的选择。

亚里布维曾说:"生命的意义不在于时间的长短,而在思想行动力的衡量。"人活着不只是为维持一口气,能感受生命的美好才是真正的活着。放下心中的执念,让生命回归正常的轨道,不做生命的延毕生,这样的人生大戏才是真正精彩吧。

老院长走后的第二天,他的儿子来为他整理东西,临走前默默地坐在了他的床边,看着陆院长儿子像孩子一样无助的眼神,我忍不住上前安慰。陆院长儿子说:"以前他身体还好的时候,我总是不在乎亲情,总是忽视他的存在和需求。他每次生气的时候总是冲着我喊道：'你这样的坏脾气，谁能容忍你这些啊，谁？'现在想想，是啊，除了父母，谁能容忍我的一切呢？护士长，我是真的后悔啊，一直没来得及和他说一声'爸爸，我真的很爱您'……谢谢你们一直以来的包容和照顾，我走了……"与他话别后，我也陷入了深深的沉思：我们不怕冷落或者暂时忽略父母，是因为觉得无论我们什么时候回头，或者需要他们的时候，他们会一直在那儿，永远不会离开，而且还会无怨无悔不求任何回报地付出。可当我们真正意识到，有一天当我们回过头也许再也不会有他们的身影时就有些晚了，想要做些什么，却发现他们已经老去。时间悄悄地溜走，没人知道它去了哪儿，可岁月的痕迹已经雕刻在老人的身躯上，他们的身体大不如前了。是啊，我们怎能妄想别人对我们长久地付出，却不需要珍惜和回报呢？

　　我们都曾叛逆或正在经历叛逆，我们会埋怨父母的过多干涉，反感他们的不停唠叨，嫌他们老是多事限制了我们的自由，每次自己发脾气都觉得是小事，父母不会计较，可我们都忘记了——就是一些细节才最伤人啊。所以无论此刻的你在哪儿，都不要忘记有他们在等你，有他们在爱你。如果可以，请一定告诉他们——"其实我很爱你们"。或许只有当我们真正面对和拥抱死亡时，才能明白，此刻拥有的呼吸和心跳，对我们有怎样的意义和价值；才会明白，对于此刻我们深爱的人，要用怎样的方式去对待。

（徐　寅）

脑海中的橡皮擦

时光可以遗忘，时间从未停止。历经数十载，曾经的花儿和少年走过岁岁月月，脚步变得迟缓，目光变得深邃，身体不再挺拔，各种身心疾病也如影随形。阿尔兹海默病就是其中最典型的一种，从确诊到脑袋空空地离开这世界，大多数患者只用了7年的时间。而在这大约7年的时间里，由于要经历渐进性的痴呆直至生活不能自理，患者与家属承受着无法想象的痛苦与经济上的负担。但对于导致这种疾病的原因，医学界却没有一个确切的答案。我们的病区有很多位阿尔兹海默症患者，其中有一位来自香港特区的老太——倪老太太，由于子女都远在香港工作，她平日孤身一人生活在上海，由钟点工阿姨照料生活，此次在家中不慎跌倒后以93岁的高龄住在我们病区。

刚入院的那几天，她由于没法运用适当的字句来表达自己，同时也不了解我们所说的言语，表现出了很大的适应不良，日夜颠倒、晚上异常兴奋，不配合治疗，要自行下床或拔留置针，给我们的工作带来了很大的困扰。但在庞主任的带领下，我们老年病科全体医护人员给予了她极大的关爱,除了积极治疗其疾病之外,在生活中,我们更是对其放慢脚步,做一个倾听者,尝试去理解她的意愿并鼓励其积极表达自己的想法,无论她说得多慢甚至是语无伦次,我们都给予赞许。为了减少她的孤单感,科室里的年轻护士更是从家里带来了自己的玩具小熊来陪伴她,在倪老太太收到小熊的那一天,我们第一次看到她露出了那么灿烂的微笑。在与居委会负责人的沟通中,我们又得知老太遗失了离休干部的就医证明,于是我们科室的护士长千方百计联系到了她原来单位的负责人,由她们出面为其补办了离休干部的医疗证明。

经过1个月的全面治疗和心理抚慰后,倪老太太有了很大的转变,每天的笑容变多了,生活也有了规律,痴呆症状也较之前有了很大的好转,有时候甚至可以与我们进行简单的沟通——虽然这样的次数十分稀少,但也足够令我们全体医护人员倍感安慰。上周倪老太太的儿媳妇将工作安排妥当后从香港赶回来看望她时,更是紧紧握着我们的手,表达了万分的谢意。

由于阿尔兹海默症的缘故,倪老太太需要经常入院调整用药和治疗方案,儿子一家把她带到了香港,以便照顾她的起居。当我们再次见到倪老太太的时候,她已是96岁的高龄,全身状况非常差。儿媳妇说一周前老太太急性胆囊炎复发了,引发了高热,去医院就诊后就开始一蹶不振,医生说倪老太太这样的高龄老人本来就像在风雨中飘摇的一棵小树,一点点的风吹雨打都有可能将它连根拔起,倪老太太的各个脏器都已经开始衰竭了。看着倪老太太苍白的脸、瘦弱的身躯,我们不由悲从中来,她儿媳妇接着说道:"妈妈已经不认识我们了,像是活在她一个人的世界里,也怪我们太忙,在家里陪她说话的时间太少。上星期住在医院里的时候,妈妈突然呢喃着要回家,回到她土生土长的地方。我们想这也许是她最后的心愿了……"

在倪老太太的床边,我们又看到了那只当年送给她的小熊,她媳妇说,这三年来,这个小熊一直陪在倪老太太的身边,她一直放在枕边珍藏着。我想,这就是护理这份平凡而琐碎的工作所能给予我们的最大肯定吧,即使岁月的橡皮擦已经擦去了倪老太太所有的记忆,但是曾经感受到的温暖还是深藏在她记忆的某一深处。

倪老太太最终还是没能挨过这个冬天,在她弥留之际,我再一次去病房看望她,她突然睁开眼看着我,笑着叫我说:"小徐护士,你来了啊。"我内心觉得一阵感动,同时又充满了隐隐的不安:这会不会是倪老太太的回光返照?午后时分,倪老太太的心率、血压开始直线下降,我们所有人都赶到了她的身边,她的儿媳妇在旁边泣不成声,我身边好几位护士姐妹都默默流下了眼泪。倪老太太是我们的老病友,大家在相互的接触中积累了很深厚的情感,回忆起过去的种种,我也禁不住潸然泪下,早晨她还曾那样亲切地喊我的名字,现在却要永远地离开我们了,离开这个她极为眷恋的人世间。

"芳芳……芳芳……"倪老太太突然开始反复念叨起这个名字,"这是我妹妹的名字,她早些年因为交通意外已经去世了。"倪老太太的儿子悲痛万分地向我们解释着。这时我们的庞主任伸出双手紧紧握住倪老太太的手:"妈妈,我在这里,就在你的身边,哪儿都不去,你放宽心吧。"下午13:15,倪老太太平静地离开了这个世界,我想她一定是在梦里见到了心心念念的小女儿,所以才会走得这样宁静和安详。

倪老太太离开后的第二个周五,她儿媳妇和儿子专程带着锦旗到我们的科室表达感谢:"谢谢你们,因为你们,我妈妈才能走得这样安心。其实我妹妹发生交通意外后不久她就开始得病了,慢慢开始忘记了很多事,现在想来,这应该也是她对自己的一种自我保护吧。"

"是啊,不过你母亲她走得很圆满,我们大家都没有留下任何遗憾。"我轻轻拍了拍她儿媳妇的肩膀。

"那个小熊我们让它陪着我妈妈一起火化了哦,我们想让妈妈一直带着你们给予的温情离开,希望通往天堂的路她走得不孤单。"

"放心吧,她现在应该在天堂和您父亲、妹妹团聚了吧。"

"是啊,我们准备回香港了,回到香港以后我打算加入附近医院的义工组织,给更多的人带去关爱。"

是啊,能有几个人承受得住白发人送黑发人的哀伤呢?原来3年前还有这样一段插曲,原来我们在不知情的情况下给了倪老太太这样一份暖心贴,没想到这样的无心之举会给倪老太太全家带来如此强烈的感动和正能量。

在临床工作中,护理阿尔兹海默症患者常常会让我们充满无力感,而患者家属更是个个都充满了疲惫。因为阿尔兹海默症是一种不可逆并且不断恶化的疾病,患这种病的人生活在自己的世界里,慢慢地遗忘,直至有一天将全世界都遗忘。但通过倪老太太的例子,我们不仅收获了小小的成就感,也更坚定了我们科室全体医护人员关爱阿尔兹海默症老人的信心与决心。

(徐　寅)

# 且行且珍惜

护士是一份特殊的职业，特别是身为一名肿瘤科护士长，我几乎每天都在阅读痛苦。面对晚期肿瘤，我们医护人员所能做的往往显得很无力，语言也变得苍白。不仅要体恤患者及其家属的心情，还要照顾到整个护理团队内护士的内心感受，特别是那些刚刚走上临床岗位的新护士们。如何直面死亡，尽自己的所能给患者及其家属带来正能量，这是我从业20年以来一直在思考的问题。

王博士是一名化学系教授，在抗肿瘤的路上他一直走得很辛苦，放化疗并未像预期那样成功，穷途末路再加上疼痛，他被折磨得狼狈不堪，年仅59岁那年他慢慢走到了生命的终末期。

这一年，他反复地入院出院，频繁的接触让他对我们整个护理团队多了一份信赖。大多数时候他为人谦和有礼，风趣幽默，年轻的小护士们都喜欢和他聊天。在一次巡房过程中，当我问他这次治疗后是不是感觉好些时，他说："护士长，你知道吗？切断过往接受现状的痛苦，远远大于身体那点儿病痛啊，不过，在疾病面前，荣誉、地位、金钱都显得太微不足道了。"我不胜唏嘘：确实，生命尽

头无关乎学识，原来执着追求的，此刻都变得那么不足为道，当下最需要的亲情、陪伴却都是曾被忽视的……

随着病情的不断恶化，王博士清醒的时间越来越少，在一次交谈中他问我："护士长，你相信有另一个世界吗？"

我："你信吗？"

王博士："我信。"

我："我也愿意相信！"

之后不久，王博士的妻子和女儿达成了一致意见——签订拒绝一切有创抢救的同意书。她们决定不再增添王博士的痛苦，不再行抽血化验等检查，仅以维持治疗为主。

在王博士预期寿命还有1～2日的时候，王博士的妻子把远在异国他乡求学的小儿子叫回了身边，原来小儿子当时正处于毕业的重要关口，王博士始终隐忍着思念，他不愿意因为自己影响到孩子的学业。儿子在进门的一刹那就号啕大哭，看到自己以前健康的父亲现在处于昏迷状态，呼之不应，曾经在自己眼中那样高大的身躯现在竟是那般瘦弱——父亲的病怎么会进展得如此迅速？他无助到不知该怎样面对这一切，不断地埋怨妈妈和姐姐怎么不早一点叫他回来，埋怨医护人员做得不够精细，甚至还抱怨新入职护士换的床单不清洁，要求重换……

那天，看到父亲的血压下降后，王博士的儿子情绪变得异常激动，像失控了一样对护士大喊大叫，抱怨护士没有立即出现在患者身旁。年轻的护士在回到护士吧台后情绪也很激动，觉得自己受了很大的委屈："王博士这么好的人，怎么他儿子却这样不讲道理？还国外留学回来的呢！"我在了解情况后到病房耐心细致地安慰他，再次向他解释王博士目前的病情变化会导致这种情况的出现,给他一个预期,随后他慢慢平静了下来,眼泪情不自禁地往下掉,终于对我们说出了心里话:"我真的太遗憾了,从小父亲就给予了我太多太多,看着他现在这样,我却无能为力,除了坐在他旁边,什么也做不了,好想再和他说一句话、听他喊一声我的名字啊,我甚至都还没好好地和他道别呢。"到底还是一个20岁出头的孩子,他在我面前泣不成声,我深深体会到了他内心深处"子欲养而亲不待"的悲恸。

我轻轻地拍了拍他的肩膀:"你爸爸一直以你为他的骄傲,他会明白你的这份孝心的。你要坚强起来,作为家里唯一的男生,你要肩负起你爸爸的责任,替他照顾好你的妈妈和姐姐,让他安心。再陪爸爸说说话吧,虽然可能他无法回复你了,但是听觉是最后一个消失的感觉,相信他一定可以听到你的声音。"小伙子擦干眼泪,默默地坐在了父亲的身边,在另一旁的母亲抹去眼角的泪水,感激地握住了我的手:"真的太谢谢你了,护士长,我都不知道该怎么控制他的情绪,最近给你们添了不少麻烦。""没事的,他的心情我们可以理解,您不用太往心里去,自己身体还是要注意哦。"安慰了他们,我带着五味杂陈的心情离开了病房,把最后短暂的时光留给了他们。第二天中午,我们和他们全家一起平静地陪伴王博士走完了他生命的最后一程。

在王博士走后的第7天,他的儿子又特意来到我们的病房,为他曾经的态度表示道歉,希望我们释怀。他对我说:"谢谢您醍醐灌顶的一番话,我下周就要返回学校了,争取能够尽快处理完手上的事情早点儿回来,爸爸走了,我要留在妈妈和姐姐身边。"看着小伙子临走时坚毅的眼神，我知道他一定不会辜负他爸爸的期待，一定会变得日益强大起来。

　　借此契机，我也告诫我的整个护理团队，特别是年轻的护士们，回家要善待自己的父母，千万不要也留下"子欲养而亲不待"的遗憾，要抓紧时间尽孝道。同时，面对患者家属的这些负面情绪，我们除了摒除抱怨以外，更应该去挖掘其深层次的原因，要以宽大博爱的胸怀去正确疏导他们，尽量采用理智正确的方法去满足他们的意愿，设身处地地为患者和其家属着想，真正将"有时是治愈，常常在帮助，总是在安慰"这句话落到实处。如果能够做到这些，相信这些"天边孝子"的"失智"问题就会迎刃而解。与此同时，我们也要疏导年轻护士不要过分惧怕死亡，生命终有凋谢的时候，或许就是因为人难逃一死，所以我们才格外懂得珍惜当下吧。

　　我一直深信自己所经历的一切都有上苍安排的深意，患者形形色色的故事也促使我不断地反思自己的所作所为，我所经历的这些或悲伤或唏嘘的体验丰富了我的人生，温暖了我的今生和来世，并告诉我：生活的一切并非偶然，且行且珍惜……

（杨如美　徐寅）

 **哀伤护理中的恻隐之心**

当今社会，快节奏的生活方式使得人们相距更远、接触更少，各种高科技手段和通信方式的诞生并没有促进沟通，反而是在制造隔绝，生活在城市里的人，往往都练就了一种压制恻隐之心的本领。很多时候，周围的事物不但没有唤起我们的恻隐之心，甚至反而使我们变得麻木，熟视无睹。

亲人离世常常让人们感到痛苦且使人受伤，这份痛苦不仅仅来源于躯体，更多的来自情绪上的难以释怀，如果不能很好地应对，急性悲痛会变得强烈、持续且严重影响日常生活。于是，哀伤护理的概念应运而生，关注离世患者的家属，了解他们的心理状态，帮助他们度过人生中最悲痛的时刻，减少丧亲对于他们身体及心理的影响，也成为我们的重要工作之一。

曾经3个月住在我负责病床的李奶奶今天再次入院了。上一次住院期间，李奶奶的检查结果显示其肝脏肿瘤已有多处转移且已处在疾病的终末期，经过一段时间的治疗，李奶奶的不适症状得到了很好的控制。我也提醒爷爷："奶奶的时日已经不多了，如果她还有什么未完成的心愿，趁这段时间都尽量满足她，想办法帮她完成吧。"

为了帮助其家属接受这个既定的事实，我们做了大量的工作，鼓励家属多陪伴在奶奶的身边，教他们正确地与李奶奶进行情感交流并告知居家护理的要点，并告诉他们对于现存或潜在可能发生的情况该如何应对。这样做的目的是使其家属对李奶奶离世有一个心理预期和逐渐接受的过程。

再次见到李奶奶的时候，我们都知道属于她的日子不多了，这时的她全身皮肤黄染、水肿、腹部膨隆、消瘦、无法进食。面对这样一位老人，让她在最后的时光里减少痛苦、增加幸福感成为摆在我们面前的首要任务。

在李奶奶住院期间，我们了解到李奶奶有一儿一女，女儿一家定居在日本，儿子工作十分繁忙，平时都是老两口互相照顾。老伴将近85岁，身体也不太好，李奶奶最放心不下的就是他。

人类在死亡面前总是显得那样渺小，无论我们怎样努力也无法避免它的到来。李奶奶在生命进入倒计时的那几天里，渐渐进入了昏睡的状态，夜晚经常会难受得哼哼，爷爷每个夜晚都陪在一旁，在奶奶难受时紧紧握着她的手，无论我们和李奶奶的儿子怎样规劝都无法改变他的心意。他总是说："我怕她哪一天会突然醒过来，到时候找不到我怎么办？反正我一个人在家也担心得睡不好，还不如陪在这里。"都说少年夫妻老来伴，这样的场景让我们每一个人都为之动容。李奶奶的儿子说：其实爷爷以前脾气一直不太好，经常惹奶奶生气，但自从得知奶奶生病后，他就像变了一个人一样，上次出院后还带奶奶去了一次影楼，拍了一套50年金婚的婚纱照，一圆奶奶曾经想穿婚纱的梦想。

在李奶奶生前的最后一个夜晚,她已处于昏迷状态,出现了点头样呼吸,心电监护显示血压较前开始下降,我和医生再次与家属进行确认,家属决定不再为奶奶增添任何痛苦,放弃进行任何抢救。

这一晚恰好是她儿子陪伴在李奶奶身边,之前爷爷在医院整整陪了3天,到底年纪大了,自己身体扛不住回家休息了。我们问儿子:"奶奶可能时间不多了,需要打电话叫爷爷过来吗?"她儿子表示父亲年纪大了刚回家睡下,姐姐还在回国的飞机上,想等妈妈生命体征不稳定的时候再叫父亲过来。

凌晨5点,李奶奶血压开始下降,我告诉她儿子是时候把他父亲喊来了,不然怕来不及见奶奶最后一面。窗外的天渐渐开始亮了,李奶奶气若游丝,手脚变得湿冷,血压几乎测量不出了,她还在撑着最后一口气——是放心不下年老的老伴,还是心系远在飞机上的女儿?我们不得而知,但是看着她用尽全身力气吸气、吐气,我们心酸极了。

半小时后,李奶奶终究逃不过命运的安排,死神就这样悄然降临了,她无法再继续坚持下去,心率慢慢变缓,然后呼吸测不到了,心电图显示为一根直线……原本一直显得沉稳冷静的儿子此时此刻再也抑制不住地哭喊着:"妈妈,你别丢下我们走啊,你答应爸爸的啊……"

看着高大的他此时此刻哭得就像个孩子一样无助,我和值班医生也不禁红了眼圈。我将手抚在了他的肩头:"没有一个妈妈会抛下自己的小孩,你妈妈她会永远活在你心里的。"我关闭了报警的监护仪,将奶奶的眼睛轻轻合上。

就在此刻，爷爷气喘吁吁地跑进了病房，一脸的焦急，他看到我就要问，但是话又说不出来。我红着眼点点头："爷爷，奶奶走得很安详，您要节哀啊。"

爷爷立马冲到了奶奶的身旁，他拉着奶奶的手，涕泪交加，反反复复地哭诉："就5分钟，你都不愿意等我了吗？……我就晚到了5分钟，陪了你这么长时间，就昨天晚上我不在，你就走了……以前每次我都爱迟到，无论多晚你都会等到我来为止，这次你是真的不等我了吗？……"

老人的不停自责让我突然觉得我一定要做点什么，不然爷爷的后半生肯定会深陷在这迟到的5分钟里，不停地纠结、责备自己，而且会无数次地进行假设：要是早到这5分钟就好了。我把心一横对爷爷说："爷爷，奶奶既然选择了那个时间走，肯定对于她来说那是最合适的时间，我觉得她这辈子最放心不下的人肯定还是您，她肯定是不想让您承受这最后一刻的痛苦，才选择了离开。所以您一定要学会照顾好自己，这样奶奶才走得安心，对不对？"

爷爷慢慢握住了我的手说："谢谢你姑娘，今晚真是多亏你了。"之后老人再也没有提晚到5分钟的事。

我们和李奶奶的家属一起为她做完最后的护理，因老人的女儿不在身边，我们护士长特意从家中赶来，她代李奶奶未能及时赶回的女儿为远行的母亲奉上了一束粉色康乃馨，在鲜花随赠卡上写着："妈妈，您辛苦了，我们都爱您！"我们目送着李奶奶慢慢离去。爷爷满怀感激地对护士长说："谢谢，谢谢你们，我和老伴都没什么遗憾了。我女儿还在回国的飞机上，你们做的，我女儿也不过如此。"

孟子曾云："恻隐之心，仁之端也。"也就是说，恻隐之心是仁爱的开端。人们的利他之举，通常都是出于恻隐之心，它又称同理心。现代心理学认为，同理心是道德的起点，它会让你用更客观的眼光看待整个世界。大家来到这世间走一遭，就像无数个构造相同的乐器一样，彼此共鸣。带着倾听的耳朵，怀着同理的心境，以细致入微的关怀，陪伴患者及其家属走过人生中最悲伤的时刻。这应该就是哀伤陪伴中的精髓所在了吧。

（杨如美）

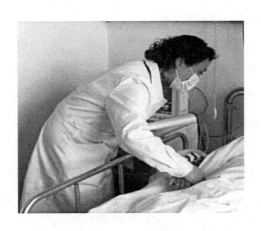

生命的最后时光

钱老先生，72 岁，肠癌腹腔转移，2016 年 5 月被确诊，已经历过多次化疗和放疗，2017 年 3 月因肿瘤多发转移，全身营养状况极差，住进肿瘤内科。

钱老先生自生病以来，走过了迢迢求医路，体验过对死亡的恐惧，面对过是否做放化疗的抉择，经历了病情的急剧恶化……住院以来，在我们肿瘤内科医护人员的共同努力下，钱老先生的生活质量并没有因为肿瘤侵蚀了他的腹腔、骨髓而明显下降。充满希望的治疗环境是钱老先生走过最后旅程的重要保障。

第一次见钱老先生是在 2017 年的 3 月，刚见面时他还有些许的拘谨，不怎么说话，不知是因为疼痛还是因为陌生。起初我们轻柔地与钱老先生对话，帮他掖被子，与我们渐渐熟悉后，钱老先生的话匣子打开了，我们静静地倾听。那一天，我们知道他是一名教师，喜欢美食，也希望有好的身体。当钱老先生讲到对生病的恐惧时，他流泪了，我们轻轻为之擦去了眼泪。我们就这样倾听着，时而赞同鼓励，时而欢笑相应，钱老先生的声音渐渐平缓，并且把紧缩在被子里的胳膊伸了出来，他说有点热。我们觉得钱老先生当时把压抑的话语说出来后应该觉得很放松。可是当我们因为工作暂时不能再陪伴他时，钱老先生用轻描淡写却又小心翼翼的言语询问我们是否还会陪他聊天，当时他的目光里充满了期待。

  钱老先生的会阴部、双侧大腿内侧及臀部有大面积的表皮脱落性皮炎，那是腹部肿瘤放射治疗所导致的放射性皮炎，是长期没有得到系统的免疫支持治疗，长期处于免疫低下状态以及射线的持续作用，同时营养又极度缺乏导致的。让我震动的是，如此严重的伤口，多处腐烂的组织，恶臭的创面，我们的钱老先生从不抱怨，而是默默承受我们的护理。对他而言，每一次换药都是痛苦的折磨，为此我们小心翼翼，发挥团队的力量，组织多学科讨论，制订出完善合理的护理方案，为我们的钱老先生进行局部伤口的护理。在进行伤口护理之前，我们会先撒少量的利多卡因为其减轻疼痛，然后我们才轻柔地为其去除局部的腐肉，小心地清洗局部的创面，用微风吹干伤口，轻轻地更换上无菌敷料，并协助其安置好舒适的卧位，同时又不会挤压到伤口，以免引起疼痛。这样的场景和动作我不记得发生了多少次，这也让我们和钱老先生的关系更加紧密了，彼此的心也靠得更近了。当我们看到钱老先生的伤口情况一天比一天好转时，我们更加坚信：只要用心去做，就会有收获。

  钱老先生的病情并不稳定，在病房里，我与这个和睦的家庭进行了长谈。我们聊起了钱老先生的职业、孩子的教育，甚至还有家乡的美食。钱老先生的女儿是位性格活泼的人，也很健谈，从她的口中我得知，钱老先生为了教育事业，兢兢业业奉献了一生。

  现在的钱老先生躺在病床上，脸色黝黑，腹部膨胀，下肢水肿，同时伴有口腔和腹部的疼痛,很少有言语和表情,他的蛋白很低,又不能进食,肛门也停止了排便排气。

当天晚上,钱老先生陷入了昏迷,床边监护仪屏幕上各项指标数字的跳动显示着生命的存在。我们轻声呼唤着钱老先生,他微微颤动的上眼睑让我们明白:他知道我们在他身边,只是没能力回答。我趴在钱老先生耳边说着我的祝愿,我相信他能听见,他也能懂,我们会尽己所能地让他在这一刻获得舒适安详……

我们担心了一周,很庆幸,钱老先生清醒了,有点儿激动。我们又可以和钱老先生聊天了。每次看到钱老先生像对待孩子那样对我们微笑,我们的心里甜甜的,我们回以轻柔的话语问候钱老先生。我们仍能听到钱老先生孩子般的说笑、抱怨,真好!

长久的相处和陪伴使我们的关系非常密切,我们问他:"钱老先生,您觉得住院期间是身体的疼痛难以忍受还是心里的煎熬更难忍受?"他沉默了一会儿,吃力地说:"刚开始感觉嘴巴和腹部特别疼,疼得受不了,可现在都好多了。医生已经把能做的都做了,现有的治疗能缓解疼痛,能保证我的基本生活质量,这已经很好了。肿瘤内科的医生和护士们非常辛苦,却始终保持着战斗状态,让我也有了信心和坚持下去的力量。能遇到你们,我很感恩!是你们陪伴我度过了这一段安适、有意义、有品质的生活,让我和我的家人都感受到了温暖。"

一天,大家在休息室洗手、消毒后,一起去看望钱老先生。那天钱老先生手腕上戴了一串珠子,他告诉我们:"这是一种寄托,是家人给我的祝福……"那天他精神状态不太好,我们轮流轻轻给老人按摩腰背部,帮他适当缓解疼痛,同时予以止痛药物减轻其疼痛。

生命的最后时光

真心希望这心手相连的抚慰以及对其疼痛的及时处理能够给予老人力量,并缓解他的不适。

一周后,钱老先生讲话已不如往常清晰,条理也有些不清,但他说了好多,每句话又好像很有深意,我生怕错过老人对我们的叮嘱,努力听着,尽可能把听到的一一记录下来。他告诉我们:"人要乐观向上,要规划好自己的生活方式!"然后他说:"我虽然身体这样,但是,还乐意读书,读书是一辈子的事,不读书会太粗鲁,家长是什么样的水平,孩子就会跟着学!也别乱发脾气!要控制自己!自己慢慢调节!"我们说:"今天您比上周好多了。"他说:"你们24小时都来看,大夫也经常来看。我已经78岁了,没有啥伟大的理想,但自己得给自己鼓劲,不给别人增加负担。自己可不能丧失信心。"老先生一直和我们分享他领悟到的人生智慧与记忆,我们担心老人话讲得太多会辛苦,劝说他休息,那一天大家很有默契地久久不愿离开……

当时的钱老先生多脏器衰竭,血氧饱和度急剧下降,口鼻上扣着氧气面罩已经不能说话,生命进入了倒计时,老先生的女儿、女婿守在他的床边。老人的女儿俯下身子,轻轻地抚摸老人的额头并在他耳边说话,我们静静地陪着,并告诉他我们会祝福他的,老先生点头。老先生渐渐平静之后,我们默默地退出了病房。

在钱老先生最后的日子里,我们陪伴他向亲人和朋友道爱、道歉、道谢和道别,最终送他安然离世。

在不到三个月的时间里,老人用他宝贵的经验给我们讲述了很多人生道理。他坚强、好学,他告诉我们:人与人之间要和善友好,相互鼓励,面对生活赋予的苦难,要接受它,千万不要丧失信心……他让我们反思当死亡来临的那一刻，我们是否能如老先生般没有遗憾；他让我们更懂得人生无常，要珍惜生命、善待身边人；也让我们更加坚定了要让更多人的生命得到呵护的决心。

过去，医生一旦发现肿瘤发生了转移或复发，就会立即实施化疗、靶向治疗、放疗，处理疼痛、腹胀、便秘、下肢浮肿和感染等。可是现在我们发现，对于晚期癌症病人，我们可以利用的不仅仅是药品、手术刀和放射治疗仪，我们还有一颗关爱患者的心！

我们希望在医疗手段对肿瘤无计可施的时候，患者和家属能正视疾病，用最好的心态面对即将来临的生命终点。

（王　琴）

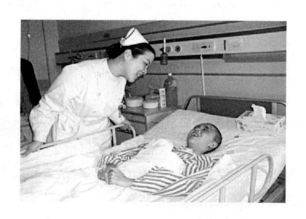

对他们，请放慢脚步

在我们病房内，有一位特殊的爷爷，他曾参加过抗美援朝战争，可谓是为我们祖国打下了江山。1 年前当他被医生告知患有晚期淋巴癌的时候，他坦然地笑了笑，说道："活到这把岁数，值了，枪林弹雨都走过来了，还怕什么呀。"由于他的子女长期定居国外，逢年过节他基本也是在医院病房内度过的。虽已是 97 岁的高龄，但他每天都精神饱满，脸上堆满了笑容。但就在 1 周前，老爷子明显没有了往日的活力，终日沉默不语，我们问了照看老人的马阿姨才知道，原来老爷子眼看许多老病友中秋节都出院回家团聚了，内心对子女充满了想念。

为了让老爷子重拾往日的笑容，我们全体护士集思广益，特意与陈爷爷远在美国的子女取得了联系，大家决定在中秋节给老人家一个惊喜。

那天晚上，我们集体特意下班后都没有回家，趁着老爷子外出散步的间隙，特意在他的病房内布置了一番，在桌上摆满了月饼、水果和小零食。等老爷子散完步回病区的时候，我们的一名小护士直接把他带回了病房，整个病房内洋溢着浓浓的温馨及我们想表达的心意。

"陈爷爷，今天我们陪您一起过中秋。"

"好啊，好啊，阿姨啊，把我衣橱里的西装拿出来，过节了我也要精神精神。"

"哎呀，陈爷爷，您穿西装真帅啊！"

"嘻嘻，帅啊？不帅了。老了……"

陈爷爷很喜欢朗诵诗——那一首首我们记得的和曾经记得的诗，还热情地给我们讲解诗的含义，他讲的甚至比上学时老师讲的都生动许多，而我们也听得格外认真。正当陈爷爷兴致高昂的时候，他远在美国的儿子拨通了我们护士的电话，他儿子那边是早晨的8点，我们立即与他儿子进行了视频聊天，看着陈爷爷满脸幸福地与儿子、孙子进行问候，我们也被深深地感动了。第二天，他的儿子又特意给我们打来越洋电话表达感谢之情，事后陈爷爷更是写了一首诗送给我们。

其实过节的意义并不在于食材有多丰富，或者送给长辈的礼品有多精美丰厚，老人们其实在意的就是图个热闹，图个团圆，图个儿孙满堂、儿女围膝，能陪他们唠唠嗑儿。现代社会的快节奏使我们做到了在特殊节日里送去礼品，却减少了陪伴，忘记了对老人们慢一点、耐心一点，就像他们曾经对我们说过的那样："不急""慢慢来""没关系""有我在"……

在中秋佳节，月圆人团圆的时刻，我们让陈爷爷感受到了家的温暖，而陈爷爷也让我们明白了珍惜的真谛，学会了感恩。

岁月无情，无论你曾经是谁，曾做过什么，在时间老人的面前众生一律平等。陈爷爷还是慢慢走到了生命的尽头。在这一年的时间里，他经历了无数次大大小小的抢救，但都靠着坚强的意志挺了过来。无论怎样痛苦，他始终都不愿意我们把他的儿子喊回来，总说："我没事，他在美国工作很不容易，不想麻烦到他。"

又是新的一周的开始，我带着护士们来到陈爷爷的病房，陈爷爷此时看起来非常虚弱，他看到我时勉强抬起手对我招了招，示意我来到他的身边："护士长，你帮我喊他们回来好不好？这次我应该是过不去了，我还想再看一眼我的重孙子。"陈爷爷对我勉强挤出了一个笑容，我望着陈爷爷苍白的脸颊，握紧他的双手说了声"好"，病房里此时寂静无声，马阿姨她默默红了眼眶。

陈爷爷的病情恶化得很快，几天后他的意识开始变得模糊起来，每天清醒的时间越来越短，但我们都知道他还在坚持与病魔战斗，他还在等待他的儿子回家来，回到他的身边。每天我都会握着他的手轻轻告诉他："陈爷爷，您要努力啊，您的儿子已经在回家的路上了。"

5天后，儿子带着家人风尘仆仆地赶了回来，我带他们来到了陈爷爷的病房门口，当儿子握着陈爷爷瘦弱的双手喊出那一声久违的"爸爸"时，陈爷爷慢慢睁开了双眼，说道："你终于回来啦。"我摇起了陈爷爷的床头，让他半坐起来与久别重逢的家人见面，看着重孙子可爱的脸庞，他露出了欣慰的笑容。我悄悄和他的儿子来到了走廊边，告知了陈爷爷的大概情况，希望他能陪伴在陈爷爷的身边走完他为数不多的日子。陈爷爷的儿子已经年过六旬，他也已花白的头低了下去："是我这个当儿子的不孝啊，到现在才知道他病得这么重。护士长，真的一直以来太谢谢你们了，这次我不回去了，我会陪我爸走到最后。"

第二天早晨，陈爷爷的儿子把我和王主任一起叫到了陈爷爷的身边，虽然陈爷爷看起来依旧苍白无力，但儿子的到来无疑还是给他注入了一剂兴奋剂，他的精神状态有了很大的好转。他示意我来到他的身边，用颤抖的手指挥着儿子去打开抽屉，拿出一张粉红色的纸塞到我的手里："我老了，不知道该怎么表达我的感谢之情，趁还有一口气在最后写了一首诗送给你们，你看看能不能替我转交给你们的院领导？你们对我实在太好了，这里就像是我的另一个家。"

我看着信纸上陈爷爷因为虚弱无力而写得有些歪扭的字体，深切感受到了手上这份心意的重量："陈爷爷，这里就是您的家，我把它张贴在我们的温馨家园里好不好？我要用它鼓励我们护士对患者要始终保有爱心，您看好不好？"

"好额，王主任，你来，我和我儿子商量过了，接下来我主动放弃任何有创的治疗了，能够再看到我的儿子、孙子、重孙子，我已经觉得心满意足，是该下去找我的老太婆啦。"此时，陈爷爷的脸上没有一丝对死亡的畏惧，这份直面生死的勇气让在场的所有人都为之动容。

陈爷爷离开的那天，天空湛蓝、阳光明媚，就像陈爷爷一直以来所带给我们的正能量一样温暖。从早晨接班开始，他的生命体征就在直线往下降，除了安慰和鼓励，此刻的我们显得无能为力，陈爷爷的儿子和孙子一直紧紧握着陈爷爷的双手，儿子还在爸爸耳边不停地讲着小时候发生的故事，但陈爷爷这次终究没有再睁开双眼，奇迹还是没能眷顾这有爱的一家。

有人说，成熟的表现之一是把时间留给家人，我深以为然。每次回家我都会感慨：一个人无论在外多么独立自强，回到家中，在父母的关怀下，总会瞬间瓦解掉坚硬的外壳；无论在外漂泊时怎样百炼成钢，只要回到家，都是温柔安心的踏实。

时至今日，陈爷爷写的那首诗还挂在科室的温馨家园内，尽管他写得并不完美，甚至都不符合诗词的基本要求，但它始终让我们感受到温暖，仿佛陈爷爷的笑容始终不曾离开，它给了我们在关怀临终患者时前行的勇气与鼓励。

中国古代伟大的思想家孟子曾云："老吾老，以及人之老；幼吾幼，以及人之幼。"中华传统美德应该经由我们的实际行动一代一代传承下去，对他们，请再慢一点，耐心一点……

（徐 寅）

请再给我一点时间

　　从选择戴上燕尾帽的那一刻起,我就注定了需要经常直面生死。在10年的护士生涯里,我更是亲手送走了许多临终的患者,我也从第一次为患者的离去而落泪到现在慢慢变得成熟而稳重。这么多年来,这位我称为李姐的主人公的故事一直深埋在我心底,她那份直面死亡的勇气至今仍让我动容。

　　39岁,对于大多数女性而言,是人生中最风姿绰约的年华,犹如秋日里淡淡的流云,有一种旷远的优美。李姐无疑是美丽的,她始终相信自己的病通过手术可以得到医治。但当她得知肿瘤已经广泛转移的时候,她所信奉的世界观崩塌了,她变得暴躁易怒,谢绝一切来自外界的善意。这时,我们的大家长王主任和护士长先后来到了她的床边,护士长用自己父亲的故事告诉了她家人们的担忧与期盼,希望她能为了自己的儿子重新燃起对生命的热情,我们每一个人都还在为她而努力,现在还没有到可以说放弃的时候。王主任更是为她动用自己的私人关系,联系了上海瑞金总院肿瘤科的张俊主任、上海龙华医院颇负盛名的刘嘉湘教授来医院会诊商讨下一步

神啊，请再给我一点时间

的治疗方案。在一场声嘶力竭的大哭之后，李姐终于振作起来，在家人的陪伴下慢慢有了微笑。

命运有时真的很爱捉弄人，仅仅过了6个月，李姐再次来到了我们的病房。李姐很淡然地告诉我们："我知道这一次我将要面对的就是死亡，有时候会浑身疼得整宿无法入睡，普通的止疼剂也帮助不了我了，但是我还不能放弃。我的儿子马上就要参加中考了，我不敢让他知道我的病情变化，怕他分心。作为一名母亲，我还有太多的遗憾，请你们再帮我一把，能不能再给我一点点时间？一点点就好……"

为了达成李姐最后的心愿，我们科室所有医生和护士都行动了起来，为其申请白蛋白、邀请肿瘤科会诊，护士长更是托远方的亲戚为其买到了昂贵的冬虫夏草，大家都希望她能延缓生命消逝的时间。

尽管李姐被病痛折磨得心力交瘁，但她每天都咬着牙坚持着。为了不让家人担心，她始终都表现得很开朗。在她的疼痛得到缓解的短暂时间里，我们这些小护士也经常去病房里陪她聊聊天，为她讲一些自己身边有趣或烦恼的事情，在她丈夫因临时有事而不能照顾的时候更是负责起了她的起居生活。

在她儿子中考前的那一天，一直表现得很坚强的李姐显得特别焦虑，我们与其丈夫沟通后发现原来她还是很担心儿子的情况。在那个手机通信业务还不那么发达的年代，我们护士长特意与信息科进行了联系，为李姐借来了安装有摄像头的笔记本电脑并连接了外网，让她与儿子进行视频通话。李姐得知后格外感动："太谢谢你们了，能不能再帮我一个忙呢？借我一些化妆品吧，我不想显得太过憔悴。"看着李姐忍着疼痛化妆的样子，护士长忍住眼泪接过了她的眉笔为其画眉，涂上腮红……看到儿子面容的那一刻，李姐笑得分外美丽。

又是平凡一天的开始，李姐把我喊到了她的床边，她说："我想把我的器官都捐出去，我的遗体也捐出去。器官可以帮助别的人，遗体可以让医生研究，如果能早点儿找到医治肿瘤的办法，那和我一样受苦的人就有救了。你能不能帮我问问具体的操作流程？""您确定要捐献吗？和家里人都商量过了吗？我可以帮您具体问问。""好的，小徐，你先帮我问好，家里人这边我会说服他们的。"这是多么博大的胸怀啊，李姐用自己的生命为我进行了一场由死亡引发的爱的教育与传承。李姐的决定遭到了母亲的强烈反对，在通常的说法里，过世后身体需要保持完整，将来才能转世投胎，李姐母亲心里很难迈过这道坎。"妈妈，从小您一直教我要做个善良的人，这次我想帮助更多的人，做我儿子心里永远的好榜样，不想让更多人像我一样去体会疾病带来的绝望，像您一样去体会失去女儿的痛苦。既然我不能选择生命的长度，那就让我自己选择生命延续的方式吧，来世我再做您的好女儿，好不好？"妈妈抱着女儿失声痛哭，我悄悄退出了房间，把空间留给了她们。站在病区走廊中间的我，泪如雨下……

她的儿子中考完毕得知消息第一时间赶来病房，泣不成声："妈妈，您骗我，您说您会好的，开完刀就好了，您骗人……""妈妈，您不要离开我……"那一刻在场的所有人都陷入了悲伤。

在生命最后的时间里，有一天，李姐突然把每一位家人都喊到了身边，一一与他们交代了嘱托与感谢，面带微笑地与他们话别，她左手一直紧紧握着儿子的手。最后她表示想见一见我们的王主任,除了想表达太多的感谢之外,她要求签字同意进行冬眠疗法。她说:"能撑到今天,我已经没有任何遗憾了,我想在家人的陪伴中体面地离开……"面对死亡,她所展现出的坦然与坚毅让所有人都为之动容,但现实世界似乎一直都缺少奇迹的发生,两天后李姐永远离开了这个她所眷恋的世界。

一个月后,在李姐的儿子如愿考入重点高中的那一天,李姐的儿子和父亲又来到了我们科室,除了想表达深深的谢意之外,小伙子坚定地告诉我们,他一定要好好读书,将来做一名医生,挽救更多像他妈妈一样的患者,避免更多不幸的降临,不辜负妈妈遗体捐献的这份伟大意义。看着小伙子历经风雨后的真情流露与眼神中透出的那份坚毅,我心想:远在天堂的李姐应该感到欣慰了,他必不负你所望,继续向人间播撒爱的种子。

李姐的精神将一直感染着我,指引我在护理的道路上继续前行。

(徐 寅)

愿此生温情与共

  我是一名护士，31 岁，参加工作 9 年了。31 岁的年纪，在医院工作，见过的悲欢离合不多不少，似乎看惯了，但也有一件事让我难以忘怀，这个故事并不惊心动魄。愿您浅斟一杯清茶，听我将故事慢慢说与您听。

  我有一个幸福的家庭，母亲是一名白衣天使，父亲是一名普通的工人。从我记事起，我们一家三口就蜗居在一间 10 多平方米的职工宿舍里。爸爸天天上班很忙，幼儿时期的我除了上幼儿园，大部分时间就跟着妈妈在急诊部度过。那些日子里，每天看着妈妈和叔叔阿姨们为来来往往的病人解除病痛，如同战士一般，从死神手里夺回病人的生命，小小年纪的我，不懂何为钦佩，只觉得叔叔阿姨们超级厉害，妈妈也超级厉害。从那时起，我就想，长大了我也要像妈妈一样，穿上白大褂，成为跟他们一样的人。这颗梦想的种子，很早便在我的心里生根发芽了。

  时间一晃而过，2009 年 4 月的一天，我终于成了一名白衣天使，实现了我儿时的梦想。刚工作的几年，每天来到科室，换好工作服，

愿此生温情与共

带上燕尾帽,第一件事就是下到病房,如同朋友一般和病人打招呼,了解病人夜间的情况。可渐渐的,我发现,病人与医护人员的关系日益紧张。我不禁陷入了深深的思索:是因为工作时间久了,对工作的热情消磨殆尽了?还是真的随着生活的提高,病患们的诉求越来越多,医护人员难以满足每一位患者的需求呢?这两个问题困扰了我许久,直到那天。

  那是在3年前,看似和往常没有不同的一个大夜班。夜色深沉压抑,病房里灯光明亮地照耀着,如同白昼。巡视病房时,我发现几个家属正在走廊上哭泣。病人是位80多岁的老爷爷,因为肺部感染多次经历抢救,刚从死亡线上走过一遭,病痛的折磨快要夺走老人所有的意志了。细问之下我才了解到,陪伴这位老爷爷60多年、风雨同舟的老伴,当天下午因为突发脑溢血过世了——昨天我还看见那个慈祥的老太太在劝老爷爷多吃些饭。可生死往往就是一瞬,这简直就是个晴天霹雳。且不说爷爷能不能接受,就是他的儿女一下子也不能接受啊。我赶忙安慰家属,去病房看看爷爷。老爷爷没有哭,只是安静地半卧在病床上,脸上看不出任何表情,不言不语,整个病房安静得有点可怕。他的儿女们也不敢同他说话,生怕不小心某个言语触碰到他敏感的神经——此时的情绪爆发,对于虚弱的他来说,是个不小的危险。我看着爷爷,我不知道他们之间是一种怎样的感情,爷爷一直隐忍着,虚弱得不说一句话,我也沉默着不出声。此刻我不知道能说些什么,只好走到床尾,摇着床把手,把床铺调到最舒服的位置,为他整理好床铺,做着原来每天他的老伴为他做的那些小事情。那天夜里,他的儿女不堪疲惫地睡着了,我每半小时去他的床边看他一趟。他一直没有睡,也没有同我讲过话,我每次都会在他床边坐一会儿，握着他的手，这是当时的我唯一能做的了。我想，那时候任何语言都是苍白无力的。整整一夜，就这样，我来来回回穿梭于病房和护士站间。说来惭愧，当时的我这么做不是因为我有多高尚的品格，只是因为我怕爷爷出事，怕他想不开，怕会在我班上出现严重的护理事故，怕第二天我成为全院职工茶余饭后的谈资。

下了夜班后我休息了两天，再来上班时我发现爷爷的情况好些了，他开始好好地吃饭，好好地配合医生护士做治疗，为康复做着一切努力。我不禁哑然，原来我当晚为了避免事故做的那些事情改变了老人的心态。

两周以后，爷爷痊愈出院了。出院的当天，爷爷的家人送来了一封火红的感谢信，感谢我一直以来的照顾。而爷爷则坐在轮椅上握着我的手跟我说："谢谢你那晚的陪伴。"那一刻，我觉得老人的手掌是那么炙热，那份感谢信如同火苗一般，点亮了困扰我许久的思绪。后面这几年，我们时常有联系，像老友一般。用老爷爷的话说，毕竟我陪着他经历过生死（参与抢救他3次），陪他熬过那最黑暗的一个夜晚。我想，这就是护士和患者间最好的一种状态吧。

那件事后，我突然明白了，不是患者变得要求越来越高了，而是我们没有设身处地地为他人着想，没有了解病患的心理活动，缺乏对彼此的充分理解和信任。当初考取心理咨询师三级证，是为了有一技之长，但此刻，我明白了为病患做好心理护理的重要性，我要将所学到的本领融入我的工作，为患者排解忧心。

随着人们生活水平的逐步提高以及社会的快速发展，来自工作、家庭、学习等各个方面的压力不断增多。很好地认识自己，处理好各种压力,改变一些不合理的思维和负面情绪,提高自己的心理素质,已然成为当今社会的一个重点。作为一名医护人员,救下多少人都是寻常。于我而言,最值得我骄傲的是,我能用我的心理学专业知识为病人化解些许心理负担。就如李惠玲院长在授课时所说的一样,努力以人为本,做一位有温度、有情怀的护士。也许有的病人的内心如同冰封,可春风暖阳终有一日定将严寒尽数驱散。

护士,应该是在病人住院期间接触陪伴他们时间最久的人。他们信任我们,我们更不能辜负这份性命之托,应用自己的专业知识和技能去满足患者生命健康的需要,在祛除患者身体疾病的同时,更要去关注患者的心理变化和精神需求,这也是护理人文关怀的出发点。为了追求进步,为了能更好地充实自己,为了能更好地服务病人,学习心理学的专业知识及专业技能,体验着它在生活中无处不在的实用性,让我自己的内心世界也出现了无声无息的变化。我学会了如何及时调整自己的心态,应对工作中个别病人的刁难,如何解决病人或者同事的心理问题,更学会了从不同角度看问题。作为一名白衣天使,我的责任是用我的所学为病人祛除身体上的各种痛苦,让他们有一个健康的身体;作为一名心理咨询师,我希望能用我所学,为病人消除心理上的各种不良情绪,让他们有个健康的心理——只有身体和心理都健康的人才是真正健康的人。作为科室人文关怀小组的组长,我会带领大家将人文关怀体现在护理工作的每一个细节上,渗透到护理工作中,用我们扎实的专业知识和良好的修养及素质,缓解、消除患者内心的紧张和忧虑,增加好感和信任,尊重、理解、平等对待和关爱患者,最重要的是与患者达成移情,换位思考,耐心倾听和沟通,提高护理质量和效果,增加患者的满意度。

　　护理工作因为融入了人文关怀,才更丰富而深刻,伟大而高尚。关心、爱护、尊重每一位患者,做一位有温度、有情怀的护士,做患者最信任的贴心守护者,温情满满,阳光灿烂,我们一起努力着。

(爱缘)

　　注:本文作者系蚌埠医学院第一附属医院胸外科护士,因姓名暂时无法确认,故以"爱缘"代之。以下内容摘自本文作者致本文主编之一李惠玲老师的信:

　　李教授,您好,我是蚌埠医学院第一附属医院胸外科的护士,有幸于上周聆听了您的课,感触很深。院里开了人文关怀病房,我因为考取了心理咨询师三级证书,所以主动担任了我们科室人文关怀小组的组长。我写的这个故事是个真实的事情,我觉得,心理护理很重要,陪伴和感同身受更能走进患者的内心,以前我们做的一些事情其实就是人文关怀。上课的时候,听您说,您在写临终关怀案例的书,所以冒昧地将此文发给您,希望将这个真实的故事分享给大家。

# 归　家

生活永远充满着不可预知，谁也不知道明天和意外哪一个先到来。我乘车赶往去世同事的老家。车外的天空阴沉沉的，渐渐下起雨来。不一会儿，雨越下越大，雨点不停地敲打在车窗上，我的视线也渐渐模糊起来。曾几何时，我也同样焦急地赶往一个地方。那是10年前的我，那天的我正乘坐"120"救护车护送着我的床位患者沈校长回老家——他的时间不多了。

初见沈校长时，他除了脸色略显苍白外，一米八几的身高，宽大的肩膀以及笑容可掬的样子，看不出是一个胃癌晚期患者。我作为他的床位护士，热情地为他做好了入院介绍以及相关须知，沈校长在一旁耐心倾听，其间报以绅士般的微笑，现在回想起来眼前依然是10年前那个温暖的午后。入院后随着一系列相关检查的完毕，沈校长开始接受常规化疗。化疗带来的副作用显而易见，频繁呕吐等胃肠道的不适终于使一米八几的壮汉也难以抵抗。但每次我给他开展护理服务时，他都尽量振作精神，然后努力微笑一下。

与癌症斗争的过程是相当漫长的，其间要定期接受数次化疗。

巧合的是,每次沈校长住院都会住在我负责的床位上。后来才知道是沈校长特意向丁护士长要求的,知道真相的我内心也是暖暖的。于是我和沈校长更像老朋友似的无话不谈,从中我也了解到了他生活和工作中所承受的艰辛,以至于癌症终于给中年的他迎头一棒。

  我见证了癌症病魔渐渐吞噬沈校长的全过程——脱发,暴瘦,到最后的恶液质。最后一次住院,他是半夜被急诊救护车送过来的。当时的他脸色白得像一片纸,嘴里不停地呕血,血压持续下降,我们当班医护人员紧急开展救治,遵医嘱配血和输血,静脉输注止血药物。由于看到自己呕出如此多的鲜血,沈校长的神情闪烁出丝丝恐慌,他的爱人拽紧沈校长的手轻声抽泣,我在一旁安慰他们不要紧张,同时指导病人不要屏气,协助他侧卧,告知他应将口腔内的呕吐物轻轻吐出来,然后予以温水漱口……经过数小时的努力,沈校长的生命体征终于趋于稳定,他疲惫地沉沉睡去。病房内紧张的浓雾渐渐散开,沈校长爱人不停地向我们道谢。病魔展开了最后的疯狂。只平稳了两天时间,沈校长再一次便血不止。这一次他决定不再坚持,无论他的爱人怎样苦苦劝阻,他都坚持要赶快回家见老母亲一面——因为他知道自己的时间不多了。在他临走之前,丁护士长果断派遣身为床位护士的我跟随"120"救护车送他回家,同时细致地嘱咐我路上发生的各种可能性以及可以采取的相应护理措施。沈校长双眼噙着泪水,颤巍巍地摆手道别,这一别已化作永别。

  一路上,伴随着"120"急救车的鸣叫,车内的生命监护仪也时时红灯闪烁,快速输血输液的"嘀嗒声"和生命竞相赛跑着。车外的天空布满着阴云,太阳被无情地挡在云朵背后,时不时奋力探出脑袋。癌症恶魔跑遍沈校长身躯的角角落落,不停扫射着机关枪沈校长伤痕累累，血液急急拥入其肠道，发出最后的嘶鸣声。由于胃癌晚期的恶液质，他全身严重消瘦，而腹部由于腹水高度膨隆。我和他爱人一起使劲协助他翻身更换污染的衣裤，以维护他最后的尊严。

  一小时的车程，仿佛经历了一个世纪，沈校长时而眉头紧锁，身子颤抖不已，双手紧握床栏，时而神情恍惚，但归家的坚定始终在他的目光中闪耀着……

  后来，阳光终于冲破乌云，洒出无限光芒。沈校长也幸福地被拥入了老母亲的怀抱，脸上带着丝丝微笑。如今，这生命的笑容已沉沉归于故土，悄无声息地在黄土中生长发芽，又一次谱写着美丽的乐章！

（丁　蔚　张挺梅）

一堂关于生死的暖心课

　　世上的事，除了生死，都是小事。我们追求美好的人生旅程，也渴望在生命的终点获得安宁的谢幕。回忆两年前最后一次见到周先生……或许今天就应该可以直呼为"周先生"了吧。如果两年前他没有离开这个世界，离开最爱他的妈妈，那么今天，他应该成年了，应该长到了他梦寐以求的年纪，并成为妈妈的肩膀。

　　第一次见到他时，站在我眼前的是一个干干净净的男孩，由于甲状腺癌晚期转移到喉部导致发音困难，所以我不太能听清男孩的发音，多数时候是通过文字交流。在交流过程中我们得知，男孩的父亲是船员，在妈妈怀他期间，他父亲出海遇难，幸福的三口之家彻底破碎，他也因此成了村民口中不要多跟他说话的"遗腹子"。在他父亲出事前，他的母亲只是一名普通的农村妇女，每天最期盼的就是丈夫回家以及肚子里的宝宝平安。丈夫出事后，即将临盆的她做了一个重要的决定：离开农村！生下小周后，她毅然决然去了广州，一边带着孩子一边用抚恤金开了家小店，日子就这样艰难而漫长地过着。

一堂关于生死的暖心课

孩子一天天长大懂事，小店的生意也走上了平稳的轨道，虽不算有多富裕，也还能维持两人的生计。可就在那时，小周中考体检查出了甲状腺癌，如晴天霹雳般，她绝对不允许自己相依为命的孩子离开，她一定要救他！母子两人关了在广州的店，来到上海进行了甲状腺的手术，术后进行化疗，以为应该没什么问题了，可是今年2月，小周甲状腺癌复发，并且已经晚期转移了。小周说死亡并不可怕，或许可能对他是一种解脱，可他最不舍他的母亲，这位坚强的女人已经失去了丈夫，如果再失去孩子，未来一个人的日子该怎么办？虽然母亲每天都是挂着笑容对小周说："放心，妈妈会用尽一切力量，你会没事的啊。"可小周知道自己陪伴妈妈的时间不多了，自己走了之后世界上就只有妈妈独自一人了，可能有个办法会让自己的生命延续，那就是器官捐献。看着小周坚定地写下"器官捐献"这几个字时，我脑子里的想法是：他的母亲会同意吗？毕竟中国人对于器官捐献这件事还是停留在保守的态度，对于从农村出来的小周家庭，他的母亲会同意吗？果不其然，他的妈妈听到此事后激动万分，抱着小周哭诉："不能这么做，这辈子已经欠你这么多了，如果器官捐献了，那还能投胎转世吗？"小周告诉妈妈，这是生命的延续，虽然他要离去了，可他还在用另一种形式存在于这个世界，陪伴着妈妈。既已至此，何不让这鲜活跳动的心脏帮助他人重获新生！最终，妈妈在万般不忍之下签下放弃治疗书，并将孩子的有用器官捐献出来。小周和母亲的决定将救治四条人命，并让两个人重见光明。年届花甲的母亲在极度的悲伤中，清晰而坚定地同意了儿子捐献器官的请求。"将心比心，我们希望别的家庭不要承受我们的痛苦！"

日子一天天过去，小周的身体状况越来越差，时而清醒时而昏迷，每当醒来时，他的母亲总是轻轻抚摸着他的额头，跟他说："孩子，安心睡吧，妈妈一直陪着你。"每当看到这一幕，我都忍不住背过身去擦眼泪。夕阳总是让人伤感的，它的出现意味着一天又结束了，而小周的生命又少了一天。可此时此刻，夕阳照在这对可怜的母子身上，却又如此温暖而有力量，令人移不开眼。我们常常去帮小周按摩他的四肢，轻轻敲打他的小腿肚，希望在有限的时间里尽量减轻孩子的痛苦。后来，小周清醒时因为疼痛总是皱着眉，母亲总是轻轻抚平他的眉头，哭着说："孩子，对不起，是我让你受苦了，如果当初妈妈没有坚持让你来到这个世界，你是不是就不会这么痛苦了？……"每当这时，我总是痛恨自己没有用，哪怕此时我能帮他们做些什么也好，可我只能拍拍小周母亲的背以示安慰，他们的痛我永远没有办法感同身受。

　　小周走的那天，雷电交加，仿佛上天都在为这对相依为命16年的母子悲鸣。一早，我走进病房进行常规护理时，看见平时昏睡的小周此刻正异常清醒地睁着眼睛，在多巴胺的维持下，小周的生命体征非常平稳，我一如往常地摸摸他的脑袋跟他打招呼，他吃力地跟我说："好像……就这两天了……"此刻我有些慌乱，感觉到了什么，忙安慰他不要乱想，好好养病。他笑笑，看着窗外喃喃自语道："爸爸要带我走了……"我一看，小周妈妈不在，她可能是回家拿些东西，小周很可能是在等妈妈！我忙拨打了小周妈妈的电话，通知她快点回来。小周妈妈接到电话后，30分钟内就赶来了，只见她匆匆忙忙地小跑进病房，随后又来护士台询问我们小周现在的情况。在我跟她说了小周的情况之后，她绷不住了，大哭道："这一天还是要来了啊,小周爸爸还是来带他走了啊……"其实我有好多话想安慰她,可千言万语哽在喉头,最后只憋出了一句:"阿姨,抓紧时间吧……"

那天,小周妈妈一直握着儿子的手,一刻也不肯放开,她也许明白,这是他们母子间这辈子最后的交流了。当晚10点,小周在妈妈和我们的陪伴下,没有带着痛苦的表情,而是安详地离开了。小周妈妈在他耳边轻声说道:"我的宝贝啊,走吧,妈妈会好好的,放心吧。"最让我敬佩的是,小周妈妈在儿子面前一直表现得很冷静,她听说人死后听觉是最后消失的,所以她不在儿子面前哭,不想让儿子不放心地离开。小周的遗体被取走了之后,小周母亲在整理遗物时发现了一张纸条,不知何时,小周在上面写着:"妈妈,如果有来世,我不想再做你的儿子了。我要做你的父亲,照顾你,用尽我所有的力量去爱你。妈妈,我很爱你,可是很遗憾我要先走一步了,我们来世再见。"他的母亲看到这段文字后,终于忍不住失声痛哭起来……

后来得知,小周共捐献了两处完好的脏器,以及两只眼角膜,成功救助了四个人,实现了他的遗愿。这位16岁的小男孩和他学历并不是很高的母亲,给我们所有人上了一堂最生动的、关于生死的、最暖心的课。

当生命走到尽头,如果可以选择,你会以怎样的方式谢幕?

(白文怡)

静静守护你

　　透过窗户望出去,外面阳光明媚,温度适宜,今天是大年初三,天气格外好,到处充满着年味和喜气。医院门外人来人往,郊游的,走亲访友的,每个人脸上都洋溢着幸福的微笑。血液科病房里面也是人来人往,那是医务人员在忙碌着,护士们迈着轻盈的步伐,在各位患者之间奔走,巡视,输液,给药,擦身,更换清洁床单,还有那长长的安慰……但是,无论外面的世界有多么精彩,我们都无暇顾及,因为我们时时刻刻都要绷紧每一根神经,守护着血液病患者脆弱的生命。似乎每次都是越到节假日,血液科的医护人员就会越忙,因为患者的治疗不会也不能中断,病房里、净化舱里都满满当当地住着患者,没有一张空床。但凡病情轻缓的都回家了,留下来的都是正在化疗中的、正在移植中的、骨髓严重抑制的、病情危重的患者,一张张苍白憔悴而又虚弱的面容,他们用期盼的眼神张望着,期盼着能早日完成治疗顺利康复出院。好吧,新的一天注定又是一个忙碌的日子。

　　洗手并换好无菌衣服,把自己从头到脚包裹得像个太空人后,我再次进入了我的战场——净化舱移植病房,开始我今天的工作。我一边专注地用碘伏按序七步洗手,一边暗自寻思着:不知道四床那个重病人怎么样了?她是一个移植后的患者,这几天出现了严重的肠道排异,严重腹痛、腹泻伴血便。夜班护士告诉我四床晚上还在便血,现在大便里没有任何东西,流出来的都是新鲜的血液,我的心紧紧地收缩了一下。一交完班我就立刻进了四床的房间,看到她瘦弱的身躯躺在床上,一脸痛苦的面容,臀部垫着垫布,肛门仍在向外面不自主地排血,护工阿姨在一旁守着。看到这一切我不禁一阵辛酸,感觉自己好无能为力,该用的药医生都用上了,止血的,输血,营养支持……我缓了一下神,过去轻轻地握了一下她的手,她感受到了我双手的温暖,微微睁开了双眼,望向我,我轻轻地抚了抚她的背,掖了一下她的被角,轻声地问道:"您感觉怎么样了?"患者叹了一口气,我看到她的眼中有泪光在闪动。她告诉我,她本来也有一个幸福的家庭,有疼爱她的老公,有可爱的儿子。本来为了老公和儿子她充满了信心,无数次被疾病痛苦地折磨,她都挺了过来,可是这一次疾病反反复复,移植后的排异又让她濒临崩溃。说着说着,患者的情绪越来越激动,积压的痛苦使她骤然爆发了,患者开始烦躁,甚至随手摔了手边的杯子,用头撞向床栏……我赶紧用手挡在床栏上,她的头一下撞在了我的手掌里,一旁的阿姨也赶紧来帮忙拉住她。可是此时任何安慰的话都显得那么苍白无力,她越来越烦躁,甚至有了暴力倾向,开始推床边桌,差点把桌上的电水壶也震倒。这样下去可不行,烦躁更可能加重她的出血,于是我赶紧汇报了医生。医生及时给患者用了安定,药很快起了效果,她渐渐安静下来并睡着了。她实在太困了,已有几天没好好睡觉了。

趁她安静睡着的片刻，我赶紧准备进行每日的常规护理工作。难度最大的还是给她更换深静脉输液管路，我一边消毒更换静脉管路，一边担心地观察她的情况。我担心自己操作到一半的时候她就醒了，到时万一她再烦躁很可能污染操作界面，甚至把颈静脉置管给拉出来。她目前还是六路输液，我要对每个导管接头依次进行严格消毒并更换六路的输液皮条及延长管，我尽可能地做到动作轻柔又麻利。还好，谢天谢地，复杂的输液管路终于更换完处理好了，我挺起酸胀的腰直了直背，一看时钟，我花了将近15分钟的时间完成操作，我轻轻地嘘了一口气。

此时她醒了，情绪稍微平静了些，我继续安慰她。看到她臀部下的垫布湿了一块，我说："给您换换吧？"她拒绝了，她说："这个很贵，能省就省一点。"我柔声地说："我们不换新的，只是把它换个位置，好吗？这样您可以舒服些。"她同意了。隔离窗外有一个身影，那是她老公疲惫的身影，我用对讲机跟他说尿不湿垫布不太多了，他"嗯"了一声放下电话立即转身去买——这是一个很疼老婆的人。

下午，四床肠道血便次数似乎少了些，但还是会有腹痛，不幸的是又有了出血性膀胱炎的症状，真是雪上加霜。尿频，尿急，伴有尿末刺痛，折磨得她在床上翻来覆去，痛苦呻吟。由于肠道不停地有血便流出，所以她不能穿裤子，我们只能用被单为她进行遮挡。辗转的翻身使她身上的被单屡次滑落，露出没有任何遮挡的下身，此时的痛苦使她已顾不及自己的尊严。这是一种什么样的痛啊！我想这应该是常人难以用身体感受到的，唯有用心才能感受到吧。

我再一次给她盖上被单，把维持滴注的吗啡调快了些滴数。我想尽量让她缓解疼痛，尽量让她舒适一些，并加快了她的补液滴数和补液量，我希望这样做能减轻她出血性膀胱炎的症状。她提出想和丈夫通话，虽然当时还没有到探视时间，但是我还是通知她丈夫前来隔离窗外"相见"，我希望亲人的鼓励能给她更大的力量，我走到房间外回避了一下。

为了保护患者、降低感染风险，患者在净化舱移植期间家属是不能进入内室的，隔着玻璃窗她和丈夫对望着通过可视电话通话。我看到她在轻轻地对着话筒说着什么，而窗户那边的她的老公眼含泪水，哽咽着点着头，随后她丈夫又在叮咛着，然后她又点着头。我禁不住流下了眼泪——任何人都能感受到他们俩之间的相互担心和不舍，他们互相嘱咐、互相安慰着，也许还有告别吧。大约15分钟后，他们的谈话结束了，她的丈夫在窗外对我挥了挥手点了点头。我进了房间，她说她丈夫对我挥手点头是在感谢我们对她的照顾和陪伴，然后她又说："刚才老公哭了，我还从没见老公哭过，不过我对他说了，我会好起来的，你也要好好的，我们一起加油！"听了她的话，泪水瞬间模糊了我的双眼，我一边轻轻地给她做五官护理一边安慰她："是啊，我们一起加油，为了你老公、为了你儿子，你也一定要坚强。现在你的生命不只是你一个人的，还是整个家庭的，只要你活着，家就是完整的。"也许是我的安慰起了作用，也许是她丈夫的鼓励给了她力量，或者也许是镇痛药物的作用，她的情绪渐渐平静了下来，症状也缓解了许多，她说她想睡一会儿，我给她熄了灯，轻轻地走出了房间。我看到她睡着了，而且睡得很香。这次她是真的睡着了。我深深地呼了一口气，抬头一看，竟然已是下班的时间了。

此时的我已满身疲惫，洗手时发现衣裤在厚厚的隔离服里已经湿了，心里有一丝伤感，却又有一些欣慰：看到病人饱受痛苦的折磨，我很伤感；可自己的护理能给病人减轻一些痛苦，我又很欣慰。生命之花终会凋落，但我们愿静静守候，守候永远。

（张翠萍　葛永芹）

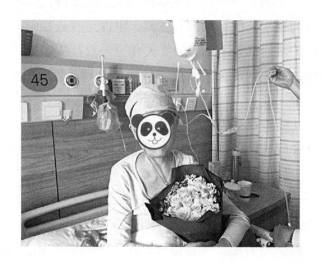

淡然优逝

"我们会再见的,我坚信。这才是我的希望,而不是那些不得不做的治疗。只有希望能化解我的恐惧。面对虚无的恐惧,面对身体深陷寒夜的恐惧,我们所有人都会再见的。"

生命和尊严哪个更重要?法国女记者玛丽·德卢拜《我选择,有尊严地死去》这本书里有一个疑问,在肿瘤科工作的我读懂了,如果死亡于我们是生命尊严的表达和延续,那么,在死亡面前的我们一定会淡定、从容和优雅,我们也会更加珍惜生命中的每一个瞬间、每一件事情和每一位人。

而作为肿瘤科的护士,在面对肿瘤晚期病人的时候,能做的就是最大限度地减轻病人的痛苦,努力去照顾他们,让他们安静平和地走完最后一段路。

34床的黎阿姨是胰腺癌晚期,在最后住院的时间里,她全身水肿,腹水量大,腹部膨隆,全身大面积皮下出血点和青紫,呼吸有些困难,小便出血,无法进食,连接监护仪和面罩吸氧。丈夫和一双儿女守在身边,不曾离开。每次我们走进病房给阿姨做护理,他们总不忘轻轻说一声"谢谢",也不会忘记握着老人的手,轻轻安慰和告诉老人这个治疗的意义与作用。

  作为护士,看到这样的病人,我的心里总是沉沉的——看不到治愈的希望,只能去尽量减轻她的痛苦,希望她在生命最后的时光里尽可能舒适安详;在她痛不欲生的时刻,希望尽可能给她创造舒适的环境。病房里一定要清洁干净,平铺整洁的床单,无任何污渍血迹的衣服,梳理得一丝不乱的头发……任何治疗和操作,都会尽量动作轻柔,不让她产生痛苦。在她最痛苦的时候,医生和家属经过商量,为她做了冬眠治疗,希望她尽可能舒适。

  安安静静的单间病房里,静悄悄的,没有一丝的嘈杂和噪音,照顾妻子的老先生总是一丝不苟地记录我们要求记录的尿量,时间清晰,计量分毫不差。老先生总是会带着些不好意思地向我们咨询一些不懂的问题,他总是在护士站等我们忙完之后对我们说"打扰了,你们辛苦了,请你们帮忙看一下监护报警是怎么回事",或者说"好像是便血了,能不能麻烦你们去看看?"总是客客气气十分礼貌。我也总是告诉老先生:"遇到这些问题可以第一时间找我们,不需要一直等着。"老先生笑笑说:"好,我知道你们很忙,也特别辛苦,真的谢谢。"

  如果说医院是一面折射人性的镜子,肿瘤科一定是这面镜子中最透亮的那一部分。生和死,最是近在咫尺,几乎无法阻止死神的脚步。

  由于癌症晚期伴多发转移,黎阿姨走的时候很安详,没有一丝痛苦。她走的那天早上我值夜班,我在她床边查看的时候,她的意识很清楚,她还拒绝为自己打针,家里人含着眼泪同意了。儿子告诉我说："我妈妈怕疼，不想打，你就别打了。"她听到后使劲笑了笑，由于戴着氧气面罩，她笑得十分艰难，但是显得分外开怀。

等我晚上中班过来，黎阿姨已经回家了，留下老先生和女儿一起办理死亡证明和出院手续，除了红肿的眼睛，父女俩并没有流露出太多的悲痛。我知道，这并不是因为他们不爱她，而是对他们而言，死亡，不单单是失去挚爱，更是临终前亲人所遭受的所有痛苦的无能为力的解脱。

死亡是每一个人都必须面对的问题，它是我们此生的终点，也是我们的归宿。可是，当死亡来临时，我们都会努力抗争，尽管心里清楚这个世界有太多的艰难，太多的困惑和迷茫，但是仍旧不愿离开这个自己生活了这么久的尘世，也许是为了一些未了的心愿，也许是有太多的牵挂，也许是对生的执念。但是，死亡是每一个人都无法逃避的事实，纵使有千万个不愿意也必须去面对它。死亡的方式也有千万种，关键的问题是，当我们知道死亡已经逼近时，我们能否有自己的选择，能否有尊严地死去。

我希望癌症晚期的所有患者都可以选择有尊严地死去。向死而生，且不惧死亡。

（王　琴　赵助锦）

让生命带着尊严谢幕

又是一个平凡的早晨,随着交班的护士长王老师和床位护士丽一行进入病房,床上的谢先生抬起脸庞,看清来人后,他的眼神一下明亮起来,罹患癌症的他从被窝里伸出干枯的手,想要与我们握手,丽赶紧上前抓住他的手,他开心地咧嘴笑着。

"这两天怎么样啊?好不好?痛不痛?"丽仔细观察着管道、仪器,帮他更换了电极片,重新换了位置,用温水细细拭去之前位置上的胶,理顺各路管道,并检查了贴膜有无卷边、翘起,有无渗血、渗液,仔细评估后凑近他的耳边轻轻鼓励他:"放松下来,好好恢复。"谢先生长期被癌痛折磨,一直用吗啡即释片、奥施康定控缓释片口服止痛,止痛只是第一步,有时疼痛不只是身体感受,往往还连带着人际关系、心理问题。不善表达的丽,最常做的是倾听。倾听他的诉说并予以回应,是丽所能做出的最好的回应。随队而来的丽一直没有走,她走上前为他做起了按摩,驾轻就熟。每按捏一下,都关心谢先生的反应,轻重有度。

平时丽在工作闲暇之余经常会到床边与谢先生聊天,给予他及其家属一些生活上的帮助，倾听他的诉说。有时谢先生兴致好的时候，会向她念叨和夫人的过往、和孩子一起的快乐时光。回忆绵长动人，细节纤毫毕现，一个垂暮老人的真挚感情令人动容。

下午，谢夫人告诉我们，谢先生说他身上黏稠不适，他想擦擦身。谢先生平时是个很注重个人形象的人，但这时的谢先生已经禁不起任何折腾了，丽向谢先生的主治医生陈主任和护士长王老师汇报了他的这一意愿，经过讨论，陈主任、王老师同意了他的要求，丽调节好室温，打来温水，测试合适的水温，这时的室内温度刚好合适，丽先把毛巾在温水里洗好，并卷在手上为他擦拭脸庞，边擦边问他："谢先生，这个温度还可以吧？舒服吗？"谢先生已经无力说话，只能点点头，轻轻地笑，眼里似有泪光在闪烁。这时谢先生的夫人再也忍不住了，捂住嘴出去了，谢先生看着她出门，眼神更复杂了，丽轻轻趴下来抱住了谢先生，后来丽回忆说："那时，我就想去温暖他，传递给他多一些、再多一些的温度。"怀中的人先是微微蜷缩僵住了，之后眼泪顺着脸颊流淌下来。长久的拥抱后，谢先生努力做出"谢谢"的口型，丽握住他的手，轻拍了两下，又细细为他擦拭了手指，为他擦拭了前胸，然后在王老师、谢先生家属、护工的共同协助下帮谢先生翻身擦拭好了背面。这时监护仪上的各项生命体征均无异常。大家帮他把全身擦拭好后，又轻柔地给他涂上了身体乳，为他更换了家属送来的谢先生最爱的一套衣服，并帮他取了最舒服的卧位。

谢先生很开心，戴着氧气面罩的他笑得很吃力，但他的快乐隔着氧气面罩依然能传递给我们。这时谢先生的至亲们均已到齐，他很开心能清清爽爽地见到他们。最终，在夜幕降临的时候，他安然离开了人世……

　　后来，谢先生的家属告诉我们说："这段最后的时光是谢先生自得知患癌后过得最快乐的一段，谢谢你们的陪伴，感谢你们让老人在有限的时光里，能够安详、舒适、有尊严地走过人生旅程的最后一站。"

　　当生命走到尽头时，每个人都希望平静而有尊严地离开这个世界，临终的过程，因人而异，但绝大多数患者都需要一根"拐杖"，这样才能走得更平稳、更安详。对于患者来说，也许痛苦不可避免，但是有区别的用药和亲切的爱抚，能让痛苦减轻，能给他们最后的人生照入一束温暖之光，让他们在这段时间里仍然感受到真情，在最后能有尊严地与这个世界告别。

（王　琴　陈丽娟）

 生命的感悟

　　从学医的那天起,老师就教导我们要"治病救人",要像南丁格尔一样,给患者最好的康复与治疗,可是,有一些病人,无论我们怎样努力,我们所能做的只能是陪伴他们走完生命的最后一段旅程,充满无奈与不忍。在初来肿瘤病房之前,我的内心也曾感到困惑和无助,不知道该如何面对这些濒临死亡的患者,也不知道该如何面对他们一次次希望被打破时失落的神情……

　　我习惯于早到,以便能够早些熟悉病房,在巡视病房的时候,我记住了一个戴着粉红色帽子的中年女病人,因为化疗的缘故,她的头发差不多都掉光了,面色蜡黄,说话声音很轻,像蚊子在哼,大多数的时候她都闭着眼睛,不愿说话。经过了解得知,原来她是朱阿姨,患有乳腺癌、转移性淋巴结癌。癌症真是个可怕的东西,它是如此放肆而又残酷地掠夺着人的生命,在它们面前,我们是多么的苍白无力,似乎一切的努力都是徒劳的。我并没有立即走上前去与她打招呼,因为不想打扰她的宁静。我心里想着:或许晨间护理的时候是个不错的时机。

晨间护理时,朱阿姨侧卧在床上,一直在呻吟着,陪护她的阿姨一直站在一旁替她用手按压着臀部注射的部位,见到我们进来之后,她便对着我们哼道:"痛死了,痛啊……"我的老师回应道:"已经给你用了止痛针了,还要过一会儿才会发挥作用。"老师回过头又叮嘱阿姨道:"一定要多按一会,否则会出血的。"在病魔面前,我们似乎对于病人的疼痛始终显得有些无能为力。

我真正与朱阿姨认识并作自我介绍是在下午的上班时间,那时她正在吃阿姨为她准备好的香蕉,她吃得很慢,时常要停下来休息一会儿再接着吃。"香蕉好吃吗?"我本意是希望能够刺激她的食欲,但看到她的苦笑之后,我觉察到了她的无奈。"没办法呀,十几天没大便了。"她无力地说,随后便将吃剩的半根香蕉递给了阿姨,半靠在床上,无力地打量着我。"那您有没有试着揉揉肚子?这样可以帮助肠道活动呢,要不要我来帮您揉揉?"当我正准备走到床边帮她按摩时,她的一番话语极大地打击了我。她挥着手,对我喊道:"不要,不要,你走开!"我一下就愣在那里,半天都没有回过神来。为了打破场面的尴尬,我随便敷衍了一句:"是不是痛得厉害啊?"见她闭上了眼睛,我便退出了病房。后来我将自己的苦闷告诉了我的带教老师张老师,我意识到当时的我只有一个念头:我的自尊受了伤害,我要快点离开,但我没有想过她是不想让我碰她,还是觉得身体不舒服。张老师的话对我以后的护理确实起到了很大的帮助作用——换位思考。

今天我没有像往常一样一来就去巡视病房,而是去翻看了朱阿姨的病历牌,从病历中我了解到她是位癌症晚期病人,至今还未明确原发病灶,而且骨髓已经坏死,不能进行有效化疗了,这也就意

生命的感悟

味着她在等待死亡。当我再次走进她的病房时，她躺在床上，脸上还挂着久违了的微笑，我的心情竟也跟着开朗起来。

"今天气色不错啊，是不是不痛了心情就好了？"

"你不要瞎说啊，我今天好好的，一点都不痛！"她的笑里带着责备，似乎在提醒我不要乌鸦嘴。

"你舒服，我们就最开心了。"

对于她的责备我并没有在意，随后便和她话起家常来。

"现在想家吗？想孩子了吗？"

"想啊，可是得了这个病我怎么回去啊？我女儿今年高三了。"

"那你要好好配合医生的治疗，尽量多吃些东西，比如青菜、鱼汤一类容易消化的东西。"

"吃不下。"只有这么简单的一句，她便闭上了眼睛。我很知趣地离开了她的病房。

第二天巡视病房的时候，我看见夏阿姨正在给她用开塞露，两支开塞露用完之后，就听见她在不停地哼哼："肚子痛啊，肚子痛得不行了，快扶我起来。"说着便一把掀开被子，挣扎着要下床，而夏阿姨正忙着为她准备马桶。我赶忙迎上去，想要扶她下床，我还嘱咐她："慢慢来好了！"我伸出手准备去扶她，然而接下来她的话却让我非常尴尬："不要，不要！我身上有很多你不知道的。"说完后她还是由夏阿姨扶着坐到了马桶上。对于通过交谈来建立我与病人间的良好关系，我有些灰心丧气了，但我仍旧每天去看她，我希望自己能够给她一点帮助，也希望她知道我是关心她的。

几天后的一个早晨，医生查房时间，我跟着医生们来到了朱阿姨的病床前，此时朱阿姨的全身已经开始浮肿，昨天的床边 B 超提

71

示她的腹腔里有积液和积气,医生给她开了禁食,并让她的妹妹去购买白蛋白,而朱阿姨自己对这些表现得很淡漠,一点都不关心。医生走后,她告诉我说:"我知道留给我的时间不多了,小姑娘,你将来会是一个很棒的白衣天使。"我竟第一次看到朱阿姨笑了……

窗外的雨无情地拍打着玻璃窗,又是一个阴雨的天气,朱阿姨于昨晚去世了,原本想好的种种希望能够对她有帮助的方法,现在都变得模糊了起来,那些想法被揉成了一团。我很遗憾没能将护理进行到底,但我衷心地为她祈祷着,希望她一路走好。恍惚间,我碰到了朱阿姨的爱人,从他的脸上并不能看出有多少的悲伤,但是他的一句话让我相信他是真诚的:"这么长时间了,突然走了,有些东西总是难以割舍的。"我能理解朱阿姨爱人的意思,从某种意义上来说,他得到了解脱……跟他说了些安慰的话后,我便和他道别了。我继续着我的工作,只是情绪变得更加的饱满了。

无生则无死,无死则无生,生死相连。作为生者,我们应该更加珍惜眼前的事物,不让生命留下遗憾;对于逝者,希望他们安息,愿天堂里没有疾病的困扰……

(许 静 李惠玲 徐 寅)

陪伴是最长情的告白

都市的繁忙、节奏的快速,让很多人习以为常地将"烦死了、累死了、忙死了……"诸如此类的话语挂在嘴边。可是,对于生命的意义,我们到底知道多少?对于生离死别那些似乎只有在电视剧里才会看到的场景,我们又能真正感受到多少?

还记得那是一个阳光灿烂的早晨,我离开学校、离开书本,以一个实习生的身份踏入医院这个神圣而又令人恐惧的场所。严伯便是我在肿瘤科实习时遇到的第一位病人,他在辗转于各大医院之后,最终待在了我所实习的科室。严伯是一位肠癌晚期患者,刚刚开始享受退休生活,生命却遭遇了这样的不幸。

在带教老师的介绍和带领下,我开始慢慢接触严伯,并暗自做出了一个决定。一整天我都很紧张,我在心里跟自己说着:"今天晚上一定得跟他的儿子通个电话了解他的想法,不能再拖下去了。"我这一天就好像只等着去做这一件事,心中不停地跟自己做斗争。有时候想:干什么呢?用得着吗?他儿子会不会认为我多管闲事?要是挂我电话怎么办?要么还是算了吧?有时候又在想:我能给病人的关心毕竟不能和家人给的一样啊，我还是试着去做一下吧。

终于，在晚上7点多的时候，我拨通了严伯儿子家的电话，在"嘟嘟"的等待声中，我的心里也是忐忑不安的，我一直思索着如何诉说我的开场白。电话通了，传来的是一个温和的中年男子的声音，我心里一阵紧张，事先想好的对白都乱了。

我尽量不让自己的声音显得太紧张，于是开始了我短短三分钟的谈话："我是您父亲所在病房的实习护士，您的父亲在我们病房化疗，情况挺好的，我现在想了解一下您对他现在的病情有什么看法。"

"什么什么看法？什么意思呀？"他的反问让我觉得尴尬，其实就连我自己也觉得问得很唐突。

但我还是鼓足勇气继续说道："也没什么，只是觉得您父亲经常孤单单的一个人，他很需要关心。别的病人每天都有人来陪，而他几乎一整天都没有人来看他，我们就希望您有空的时候常来看看他。"

"是不是觉得我们对他的关心不够啊？"

"是的。他很孤单，平时都不怎么讲话，他需要你们的关心。"

"好的，好的，明天我会抽空去看看他的，谢谢你啊。"

"这是应该的，而且您父亲很清楚自己的病情，他准备将自己的钱用光后就回家快快乐乐地过他以后的日子了，所以我就更希望你们能够关心关心他，让他开心地活着，好吗？并且我们不仅要在他住院的时候关心他，等他回去以后，你们也要多去看看他，常去陪陪他，好吗？"

"好的，好的。我知道了。谢谢你啊！"

陪伴是最长情的告白

在整个通话过程中我显得有些语无伦次，一方面是出于跟陌生人谈话的不适和紧张；另一方面是担心自己因说话不慎而触怒对方，遭到训斥或是挂掉电话的对待。当时的我心里充满了各种顾虑。在得到对方温和的回应后，我迫不及待地将自己心中想要表达的想法一股脑儿地全说了出来，生怕稍有耽搁对方就会挂掉电话。等我语无伦次地讲完之后，感觉整个人轻松了很多，现在回想起当时谈话的情境，我还会嘲笑自己的笨拙。

第二天早晨巡视病房的时候，我笑着问严伯："今天周末啦，您儿子应该会来看您了吧？"

"不会的，一般他是不会来的，等我出院的时候他可能要来的。大儿子忙，没时间来看。"

"再忙也有空的时候啊，来看看您总是应该的。"

再去看他的时候，他身边多了个中年男子，看到严伯高兴的样子，我便猜到那个人应该就是他的儿子。为了避免打扰父子俩团聚，我悄悄离开了病房。

下午的时候，我看到严伯在走廊里闲逛，一副心事重重的样子。老人腼腆地笑着对我说："小姑娘，谢谢你的关心，我很感动，但是以后不要再给他打电话了，我现在身体好了很多，我不想给他添麻烦。"原来严伯都知道了，我没想到我的作为会给他带来心理压力，然而它却实实在在地发生了。不知为什么，我总觉得有必要再给他的儿子打个电话。

"您好，严先生吗？我是那个给您打过电话的小护士啊！我是专门打电话感谢您的，谢谢您来看您的父亲，也谢谢您没有因为我是小辈对您说那样的话而责备我。再有，我给您打电话的目的是为了

75

让我们都没有遗憾，没有'子欲养而亲不待'的那种遗憾，您很忙，就不多打扰了。"

"小姑娘，等等，我很惭愧，为人子女却没有尽到自己的责任。你的话让我感触很深，今天看着爸爸日渐苍老的脸，我特别庆幸有你的提醒，让我能够趁爸爸还在世的时候尽自己最后一份绵薄的力量。"

没过几天，严伯出院了。我没有如约去送他，但我知道他会快乐地继续他的生活，因为他最渴望看到的子女会陪伴他走到生命的终点。他那样地渴望生的美好，害怕死亡的他常常会有"人死了就什么都没有了"的感叹，每当这个时候我总觉得很难回答，因为我也害怕死亡。据说有这样一个理论：我们之所以不太会想到死亡，是因为我们太害怕死亡了，于是大脑里就会产生一种抑制，让我们不太会想到死亡。是的，我想我应该也是怕死的，我曾经试图用书本上的只言片语来安慰严伯，告诉他我们死后将会进入一个温暖而又没有痛苦的世界。其实那个时候的我也是迷惘的，死亡对于我来说是现实的，但又是虚幻的，没有经历过死亡怎会知道死亡后的样子呢？不过都是一种安慰罢了。但假使这种安慰会让人在面对死亡时轻松些，我觉得它就是有意义的。

严伯，希望您和您的儿子都不会留有遗憾……

（许　静　李惠玲　徐　寅）

 **家：生命的港湾**

年轻时，身体是可以肆意挥霍的资本，熬夜、喝酒、吸烟……而健康则是：你拥有它的时候感觉不到它的存在，只有在失去它的时候才会发现，它是如此的重要。

这里是一个特殊的科室，来到这里的绝大多数患者的病情都已无法逆转，她们选择在这里走完生命的最后一程。3011床的葛阿姨是一位胃癌术后伴腹腔转移的患者，与往常一样，我进入病房为患者输液，葛阿姨右手抚着额头，左手呈不自然的弯曲状态，左腿屈曲。左侧床头坐着一位五六十岁的女家属，患者额上已有少量白发，但脸上无皱纹，较瘦。

"头痛吗？"

"现在不痛。"声音很无力。

"头不痛的时候可以吃点东西，补充营养。"

"不是痛，是胀得难受。头一胀，眼就花了，眼睛看不清楚就什么也不想看了。"她右手从额头移向颈部揉捏起来，一旁的家属则按摩着她的两侧太阳穴。

"今天有三瓶甘露醇,脱水后头就不会痛了。"我安慰道。

"嗯,每次挂后我就可以起来坐上一会儿,眼睛也清楚了。"

她说完突然对边上的家属道:"妈,我想吐了。"只见葛阿姨的家属马上拿了盆放在她嘴边,葛阿姨干呕了几声,吐出了几口酸水。妈?天啊,坐在葛阿姨边上的居然是她母亲!看起来太难以令人相信了。我明白,葛阿姨的头痛是因为病情发展到一定阶段引起的,但是我没有解释,因为我怕她有心理负担,我想等以后和她建立了进一步的信任关系后再找恰当的时机说。

再去看她时,葛阿姨的肌肉已开始萎缩。

"要多活动,可以用右手去动动左手左脚,不要让关节都硬撑了。"

"不能动,左手也不行了。"

现在的葛阿姨除了食欲尚可外,从她的言行举止可以看出,她已经全身心把自己投入对付疾病中,显得非常无助。

葛阿姨对于我给她的一点点小小的帮助都万分感谢,这反而令我有种愧疚感,难以进一步开口询问,怕会触及她的痛处。

第二天主任查房时,葛阿姨焦虑地问道:"王主任,我的腰怎么这么疼?"王主任没说话。

她又转向另一个医生:"朱医生,我眼睛怎么看不清了?"

朱医生道:"可能是药物的副作用。"

"那怎么一个看得见,一个看不见?"没有一个医生回答。

"到底怎么回事?"她右手用力捏了两下右眼皮。

"别捏,会痛的。"

"把右眼睑掀开,你看看我眼睛是不是变小了?"

"没有变小,和左眼一样。"

其实大家都在瞒着她的病情。通过这段时间的相处,我知道她已从自怨自艾中走了出来,想要了解自己到底到了哪一步。

"双休日您丈夫过来看您还行吧?"我试着转移话题。

"嗯。"

"看您丈夫挺忙的,怎么没回上海看病?"

"在上海看的,我从前一直在上海,就10月6日才过来的。"

"上海的医疗技术不是更好吗?怎么想来苏州?"

"苏州中医比上海好。在上海时一直住在家里,挂水也在家里。"

"在自己家比在医院自由舒服吧?"

"自由多了,可以看看电视,唱唱卡拉OK。"

虽然葛阿姨情绪表达较含蓄,但看得出来其实她心里很想丈夫,很想家。

早上7点半,床边交班。

"葛阿姨眼睛怎么了?看得见吗?"

"看得见。"葛阿姨上眼睑眨了两下,但没有睁得大。

我用右手在她眼前晃了晃:"看得见吗?"

"看得见,就是模糊,眼睛也睁不开。"

"不要担心,眼睛看得见就好。可能是脑水肿后压迫了神经。什么时候开始出现这种情况的?"

"前天早上眼睛就有点儿睁不开。"边上家属说道。

"想家吗?"

葛阿姨很明显地顿了顿,然后才慢慢说道:"想啊,怎么会不想啊?……"

我知道她承认自己的病，但又不愿妥协，不想看到出现的任何不良症状，甚至想掩饰。我很想告诉她这样不利于疾病的治疗，但又不能很直白地说出这是癌肿压迫神经所致，只能推说是因为脑水肿。其实我问她想不想家也只是想转移话题，转移她的注意力。

"出院了，回家去。"今天突如其来的一句话，使我有些茫然。葛阿姨的床边坐满了家属，她的母亲在收拾东西。她的突然决定令我感到非常奇怪，也使我措手不及：难道是放弃治疗了吗？

"出院？"我忍不住还是问了出来。

"嗯，出院看看刚刚装修完的新房子，还没看过呢，过两天还要回来的。"

"看新房子，那应该很开心。"家属点头。

"开心？"葛阿姨却呛了一句，"有什么用？生了这种病。"

"可不能这么想，开心的时候就要开心，让自己放松一下，精神老是紧绷着会很难受的，多想想开心的事，心情愉快对治病也有帮助。"

家属也劝她："对，要开心。"

但是葛阿姨仍显得很忧郁。其实我明白葛阿姨自始至终都很忧虑，对于自己的情况很担忧，不愿去面对，也可能她知道自己的日子不长了，想出院回去看看，也可以说是了却了一桩心事，但我仍希望她能积极面对生活。

下午1点左右葛阿姨出院了，她情绪很平静，向我告别并感谢我对她的照顾。由于是仓促决定的，当时家属也一直在催促患者，不让我们与她多交谈，我便向3012床患者询问当时的情形。

3012床患者说道："从你那天问她想不想家后，葛阿姨就打电话回家说想回家治疗。"

"那她这几天情况怎么样?"

"不怎么好,一直不太好,她两只眼睛都看不见了。"

"怎么可能?"

"不行了,右眼十几天前就看不见了。"

"两只眼睛都看不见了?左眼不是可以吗?"

"这几天也不行了!"

"那她知不知道自己到底怎么回事?"

"不知道,家里都不告诉她,其实我知道她已经脑转移了。多可怜!好好一个人,以前我一直和她一起做化疗的。"

我怔住了,葛阿姨总是说她左眼还行,我想这也许是她的一种自我保护吧。

很多时候看透生死不代表轻视生命,而是以一种更理解的姿态活着。耶鲁大学卡根教授曾经上过一堂很受欢迎的名校公开课——"耶鲁大学公开课:死亡"。在课上,卡根教授用无比精妙的语言反复论证了"死亡并不可怕"这一观点。

我们常说生是一扇门,死则是另一扇门。衷心希望葛阿姨出院后能够在家人的陪伴下减轻一些疾病的痛苦。

(施玉林　李惠玲　胡梦蝶)

生命最后的温暖

肿瘤科病房的患者中有许多是晚期癌症患者,他们的生命已进入倒计时,可同样需要阳光与温暖。我是一名刚入职不久的护士,我护理的第一位患者是安先生,他身患结肠癌,此次是由于术后复发入院。

见到安先生的时候,他蜷缩在床上眼睛闭着,脸色蜡黄,颧骨很高,鼻子里还插着一根胃管,人显得疲惫而又虚弱。身旁泵的灯不停地闪烁着,现在的他必须依靠吗啡的持续泵入来止痛。这是我对安先生的初次印象。和许多刚踏入工作岗位的新人一样,我对自己护理的第一位患者充满了热情,特别希望能够将自己的所学都用在临床上。可是经过一段时间相处后,我发现,理想与现实似乎总是存在着差距。安先生有时候也很执拗,不愿意接受我的帮助,我想要帮他翻翻身,换个舒适一些的体位,可他总是说"NO",或者说"我自己可以的"。诸如洗脸、刷牙、大小便之事,他都要亲力亲为。这让我感觉很受挫。

李老师是我的带教老师,她观察到我最近几天上班情绪低落,便来了解情况。李老师告诉我:"病人有时候过分坚强,让我们有些无可奈何,或许他是想以此来证明自己是活生生的人,他始终认为自己会好起来。"

李老师的话语使我如醍醐灌顶,我改变了和安先生的相处模式,以尊重他为主,以从旁协助为辅,并时不时讲述一些抗癌成功的事例,增加安先生对战胜病魔的信心。渐渐地,我们俩开始熟络起来。从闲暇聊天中我得知:安先生的父亲和母亲也都患有消化系统的癌症,而且他此次发病的主要诱因是因为照顾罹患贲门癌的老父亲,在父亲的危难时刻,是他陪着父亲一起度过的,同时安先生也隐藏了一丝的遗憾:若没有那么劳累,可能就不会有复发的迹象了。我的内心五味杂陈……

时间过得很快。新年伊始,安先生很想见自己的父亲和母亲,很想一家团圆吃一顿团圆餐,可偏偏疾病限制了他。我看出了他的心思,急忙对他的妹妹和妻子说:"过年了,想吃什么就吃吧,不咽下去过过嘴巴瘾也是可以的。"又转过身对安先生说:"您放心好了,您现在放了胃管,不舒服的话,胃里的东西就会被引到引流袋里的,就是麻烦些,多倒几趟而已。过年嘛,大家都轻松一点。父亲和母亲来看您也是很容易的事,现在交通也方便,应该没问题的。您这样孝顺,他们怎么会舍得不来看您呢?过年了,病房里比较冷清,你们这个房间里就剩下您一个了,可以把病房里布置得喜气一点,跟在家里一样,要是有台电视机就好了,会更热闹一点。你们要是觉得有什么不方便的话,尽可以跟我们说,我们会尽量帮忙的。"安先生听后也似乎受到了很大的鼓舞,整个人看上去精神了不少,在父母家人的陪伴中度过了一个充满欢笑的新年。

袁医生是安先生的主治医生，他跟往常一样查完病房，向安先生介绍了一下治疗措施和病情的目前进展。安先生显得很高兴："你们袁医生的水平很高的，他过来看了我，就让我去拍个片，还说应该没什么大问题，拍出片子来一看，肠梗阻已经缓解了，不简单啊，我又渡过了一个难关。"安先生很顺从地喝起水来。下午他要准备拍腹部平片，让我过去帮他封管。我很麻利地做完了这些事情，并叮嘱他路上注意保暖。看着安先生远去的背影，我也为安先生病情的好转而感到由衷的高兴。

又到了一年一度的"三八"妇女节，安先生的爱人休了半天假在这里照顾他。

"今天是'三八'妇女节，您有没有跟爱人说句'节日快乐'啊？"我打趣道。

安先生不好意思地说："还没有呢！"

"照顾您这么长时间，她也很辛苦的，要说句谢谢的。"

"是的，她很辛苦。"

这时候我看到他爱人一直站在一旁笑着，似乎早就习惯了这种劳累。下午安先生的妻子在楼梯口碰见我，我们便聊了一会儿。

"白天还好，就是晚上睡不好，他要是能睡好就轻松些。"

"好多了，以前每天晚上差不多半个小时就要起来喝水、上厕所，现在稍微好一点了，只是他睡不深的。"

"你们真是辛苦了，那你们有没有为他以后做过打算？就这样一直下去吗？"

"当然不会，他自己也觉得这样待着没意思，想回去了，就是吗啡的问题解决不了，等他能吃普食了，就好办一些了。"

"你们觉得他这样一直走下去，走到最后你们会难过吗？他自己会难过吗？"

"当然都会难过的，只是他从来不往这方面想，他想的都是回家要为女儿做些什么好吃的，跟亲戚朋友聚一聚，等等。其实我觉得他挺害怕的。"

我哽咽了，心情也变得有些沉重起来。无疑安先生是坚强的，他始终不愿将过多的负面情绪带给大家。

晚上安先生看电视时看到中央一套的《半边天》栏目正在演绎一对患难夫妻的爱情故事，很受感动，他动情地说道："我最感激的是这里的医生和护士，还有我的家人。"

我本以为他脱口而出的会是他的家人，没想到他却把医护人员排在了第一位，我收拾了一下复杂的情绪，说道："您现在就要以自己为中心，让自己舒服，不要忍着痛。您舒服了，我们大家就都放心了。"

"是的，我知道了。"

将安先生安排妥当后，我悄悄离开病房，关上了房门。

一个月后的某天凌晨时分，安先生走得悄无声息，就像他生前所说的那样，"不想再给大家添麻烦了"……

对于我而言，通过这段时间的相处，我对自己的职业有了新的认识：在有限的时光里，能够让患者安详、舒适、有尊严地走过人生旅程的最后一站，临终护理是十分具有实践意义的。对于患者来说，也许痛苦不可避免，但是有区别的用药和亲切的爱抚，能让痛苦减轻，能让他们在最后的人生阶段仍然感受到真情的力量。

（许　静　李惠玲　徐　寅）

# 用心珍藏每天

每天，我们匆匆行走在上班或者下班的路上；每天我们似乎周而复始地过着看似相同的生活；每天……每天，我们似乎习惯于每天的每一天，却忽略了这平凡的每一天，有一些人，正在为这"每一天"而痛苦煎熬着。

郑阿姨是一位食管呼吸道肿瘤患者，一直觉得郑阿姨的性格有些小孩子气。她会因为一些小事情而不断地抱怨或哭；又会因为你的一两句话得到安慰而平静下来。可能是因为缺少关心吧，每次到她的床边只要你愿意和她讲话，她都会吃力地和你聊上一段时间。

今天交班前看到郑阿姨时，她已在睡觉。我问她的护工阿姨她昨晚睡得如何，护工阿姨表示还可以。有一段时间，她只能取半卧位，每次都表示不舒服，夜里睡眠时也经常因疼痛而从睡梦中醒来。有一段时间她可以半卧，但表示还是疼痛。她每天都得用一支强痛定（布桂嗪），就在昨天，她还用了吗啡，强痛定（布桂嗪）的效果已不如从前。上午10点多钟我去看她时，护工阿姨已准备帮她翻身，她已经睡醒。

我上前说:"郑阿姨,醒了?"她点点头。

"昨晚睡得怎么样?"

"还好。"她再次点点头。

"郑阿姨,那现在咱们翻个身好不好?"她依旧只是点点头。于是我轻轻地将她翻向右侧……

日子就这么一天天地过着,可生活却并不总是甘于平淡。

一周后的一个清晨,我看见郑阿姨依然在睡,不同往昔的是她已经使用了多功能监护仪。隔壁的病人已处在濒死状态,这对郑阿姨的影响还是有的。她当时正在输血,帮她调节好滴速后,我看了一下郑阿姨身边的监护仪,她的氧饱和度以及血压都显示为正常值,而此时的郑阿姨看上去也显得比较舒服,没有表示疼痛,安稳地睡着,我的心也踏实了不少。因为郑阿姨最近的情况不是很好,加上这个病房已经有一位患者离世,所以我叮嘱郑阿姨的爱人和女儿要多陪伴在郑阿姨的身旁,然后我把郑阿姨的女儿悄悄叫到走廊上并告诉她,近一段时间郑阿姨的情况不好,咯血,呕血,便血,一直在输全血,但情况没有多大改善。郑阿姨的女儿听到我的话,眼泪便扑扑地往下掉,她赶忙用手去擦,可眼泪依然止不住。见她潸然泪下,我便又告诉她:"死亡只是生的一部分,所有的人都要面对死亡。我知道你们信仰上帝,所以你母亲如果走了的话,她便是到上帝那里去了,在那里她会幸福的。"郑阿姨的女儿用力地点点头。有的时候,让我们感到无助的是自己的爱莫能助。

正当郑阿姨的女儿还在痛哭之际,隔壁床的病人在9点多的时候由原来的点头呼吸转为不进行呼吸,医生马上来到病床前,我们配合医生进行抢救,但呼吸兴奋剂的使用依然没有使病人再呼吸一次。当所有人都知道真正需要面对的结果出来时，即使做好了充足的心理准备也不能接受。郑阿姨的女儿赶忙去安慰隔壁床的家属，但那位家属的哭声已经影响了整个科室。这时郑阿姨醒过来了，她的表情依然没展现出痛苦或烦躁，她的爱人握住了她的另外一只手，陪着她。有的时候，最残忍的事是我们目睹了它的整个过程，自己却还无法挣脱。可是我的内心却怎么也无法平静下来：这件事对郑阿姨真的没有什么影响吗？她的情况不是很好，她会不会想她可能是下一个死亡的病人？她的平静是不是因为她已经能够平静地去面对这一切，面对死亡？

　　时间飞逝，又是一年圣诞节。刚走进病房，我就看到郑阿姨的输液架上挂了一个圣诞小饰物，基督教的信奉者是要过圣诞的。她的爱人看到我便询问我郑阿姨的情况。比起前一阶段，郑阿姨的便血、呕血情况稍有好转。后来我进去的时候，郑阿姨再次发生了便血，每次便血之前她会叫家人一声，然后她的家人会很快地帮她垫好尿不湿、垫布以及卫生纸。我和她的家人一起帮她换了尿不湿、垫布，把她安置在她会觉得舒服的位置。当我再次来到郑阿姨的旁边时，她的手扶在床栏上，她的女儿在旁边，可她却伸过手来握了握我的手。我看着她笑了，并用手回应了她一下。她的手很消瘦。以前总是我去握别人的手，现在她握住了我的手，我有一种被认可的感觉，似乎她只是谢我，又似乎我也需要她的鼓励。因为呕血，这十几天以来，郑阿姨几乎没吃东西，一直在靠静脉营养。叮嘱郑阿姨的爱人要经常用棉签蘸些水帮她湿湿嘴唇后，我便离开了病房。这段时间，她的女儿晚上一下班就来陪母亲，她的爱人清晨在这边陪着，就连她的兄弟姐妹也来看望她。

用心珍藏每天

今天是圣诞夜,当我进入病房时,郑阿姨的女儿、爱人都陪在她的旁边。郑阿姨知道我进来时,便睁开眼来看我。我告诉她的家人我送了她一份圣诞礼物,并向她的家人大概了解了一下郑阿姨下午的情况。总体上她还是比较平稳的,呕血、便血情况已经好转。我再次走到她的床边,扶住她的肩,对她说道:"圣诞快乐!"她点头致意,并说了"谢谢"。她的褥疮情况还是没有任何改善。我看到她尾骶部的膏贴已经翻卷起来,于是我便拿来一张新的轻轻替她贴上,将她置于最舒服的体位。郑阿姨今晚没有表示不舒服,她说一切还是比较平稳的。

圣诞节之后不久,当我进去看郑阿姨时,她的监护仪已经撤掉。当时看到她的面部发红,我便用手去摸了一下郑阿姨的额头,不烫,她的手也不烫,不是发热。我便询问她的家人,她的爱人说:"刚刚输了袋血,下午医生进来的时候看到她的面色苍白,便让输血,输了血后便这样子了!"郑阿姨的状况愈来愈不好了,今天她没有睁开眼睛看我,一直是半睁着眼,看她好像喘不过气来,我便将她的床头抬高了一些,可是她的状况并没有改善。于是我便又在其他几人的配合下帮她翻了翻身,替她拍了拍背。输第二袋血时,我将速度调慢了些,并密切观察她的情况。

今天已是新年的第一天,郑阿姨的精神显得很萎靡。"郑阿姨,新年快乐!"我向她表达问候,她吃力地睁开眼睛看了看我。我有种直觉——郑阿姨即将离去,虽然她还没有点头呼吸,但呼吸方式已经发生了改变。她所热爱的人都陪在了她的身边,复读机还在播放基督徒内部传放的磁带,郑阿姨闭上了眼睛,说想要睡一会儿。她的女儿叫道:"妈,天还没黑呢,咱们天黑了再睡好不好?妈,妈……"郑阿姨便又睁开了眼睛。五点半左右，郑阿姨断断续续地表示要回家。讲了两遍之后，她的女儿说道："妈，咱们回家，妈，咱们回家。""叫'120'车吧！上面有氧气的，而且在路途中会有医生在旁边！"医生建议道。在得到他们的同意之后，我帮他们联系了"120"的车。之后我又回到郑阿姨的旁边，试着与她讲话，但是她并没有做出任何反应。"120"的车过来之后，大家将郑阿姨抬到担架上，我对郑阿姨的女儿说道："车上有医生，今天我不能跟过去了，我以后再跟您联系。"

郑阿姨的女儿擦着眼泪，点点头说："谢谢。"9点半左右我打电话给郑阿姨的女儿，询问郑阿姨的情况。"我妈妈走了，到家5分钟看了一下家之后就走了……"我的内心久久不能平静下来，早就预想到了这个结局，但它真的来临时又让人难受得不能自已。

孔子说过："未知生，焉知死。"

现代医学发展日新月异，但在很多疾病面前还是束手无策。所以，请珍惜生命，珍惜能够朝夕陪伴在身边的每一个人，好好活在当下。

（许　静　李惠玲　胡梦蝶）

终 点

　　曾经健康鲜活、美丽年轻的生命，如今身处死亡的边缘，有谁会来倾听他们最后的声音？人生无常，生死一线。作为医务工作者，我们每天都在面对生死，我们探讨的除了如何攻克医疗难题以外，也在深思如何让病人始终保有尊严，减轻他们的痛苦，减少对死亡的恐惧。

　　早上来到病房之后我便去看了看丁老师，她依旧维持着半坐卧位，闭着眼睛躺在床上，氧气 3L/min 持续吸入中，床边的多功能监护显示其生命体征平稳。丁老师，一位右肺癌、纵隔淋巴结转移患者，她能够睡着本身就是件不容易的事情，我看了一下她的周围，提醒他们动静轻一点儿，便悄悄离开了。再去看她的时候，她已经醒了，显得很茫然，用力地在呼吸，但这样似乎并没有让她感觉到舒服些。看到我来了，她并没有看着我。

　　我来到她的床边，握起了她的手，看着她，轻声问她："丁老师，还是有点闷？"

　　她朝我点点头，眨了眨眼，说："气急，胸闷，喘不过气来。"

喘不过气是因为她的半边肺已经丧失了呼吸功能，确实没有什么好的方法可以帮助她解决这个问题。

"丁老师，您的半边肺不好呼吸，所以总是感到喘不过气来，但是您的血氧饱和度一直很不错的。"我向她解释。

"可是我闷啊。"她再次吃力地说道，"我只要透得过气来！"

"丁老师，如果将氧气开得大一点，会不会好点儿？"

她再次朝我摇了摇头。

"那您要不要坐起来一会儿？"我又问她。

"嗯。"

我扶她坐起来，并帮她垫好枕头。

她摇着头："还是闷。"

坐了约莫半分钟，她说要躺下了。

"丁老师，您要不要喝点儿水？"我轻声问她。她的口唇很干，而且一直处于张口呼吸的状态。她点了点头，艰难地咽下一口水，然后就表示再也不要喝了。我希望能给她一点儿心理暗示，但没效果。

下午去看她时，她的家人正在找东西，丁老师看起来也挺着急的。我心里暗自着急：怎么回事？丁老师本来就觉得透不过气，这一急，不会加重吧？我问了问她的女儿在找什么东西，原来是在找钱包，丁老师说她的钱包不见了。她的女儿对母亲讲道："妈，您别急，急起来对身体不好！"

我走到床边，用左手握住她的手，右手放到了她的头发上："丁老师，别急哦，这种事让她们去操心吧！"她看了看我，又看了看周围已经停下来寻找的人，倒也显得很平静了，可是呼吸比起早晨却又显得急促起来。我忽然发现,当她的注意力不集中在呼吸上的时候,好像她会忘记胸闷这件事。

隔天早晨再见到丁老师时,她已经处于点头呼吸状态了。我诧异:昨天上午她人还是清醒的呢!怎么会……我先到她的旁边叫她:"丁老师。"她没有任何反应。我加大声音叫着:"丁老师。"她依然没有任何反应。我做了一下压眶反应,她过了十几分钟似乎才感觉到疼痛——人已经处于昏迷状态了。

我转过头去询问陪伴她的人:"她是什么时候开始这样的?"

"昨天夜里 11 点多,刚开始的时候她还起床、躺下,后来就这样了。"

我心想:她昨天晚上还在不断挣扎的呀。

"那她的家人知不知道?"我继续问。

"告诉他们的,昨天没来,今天早上他们过来的。"我猜测:她的爱人可能放弃了,其实这也未尝不是一个解脱——丁阿姨和全家人的解脱。后来询问我的带教老师得知,她的爱人确实放弃了对她生命的延长,不再对她进行抢救了。下午再去看丁老师时,她的女儿守在旁边,并不知道自己的母亲正濒临死亡。

她的女儿问我:"她现在会不会感到好一点儿?"

"不会感到好一点儿的,但是可能已经没感觉了,这只是一个过渡阶段。"其实这是迈向死亡的过渡阶段,但我始终说不出口。

再之后的一天,丁老师的情况愈加差了。她的血压测量出来只有 64/41mmHg,心跳 46 次/分,她的女儿一直陪在她的身边。我知道,丁老师很有可能在今天就要离开人世了。我将她的女儿拉到门外问道:"王医生有没有告诉你什么?您母亲现在已经是点头呼吸了!"

"王医生说她快透支了。"她轻声回答。

"您母亲最近几天可能就要离开了,你要有思想准备啊。"我有些保守地对她讲道,她点了点头。

虽然丁老师病了很长一段时间,但当她真要离开的时候,我还是不能抑制地难过。

"您要节哀啊,或许丁老师的离开对她也是一种解脱,您也看到的,前两天她一直在说胸闷、气急,很不舒服。"我试着安慰道。

"嗯,她现在应该不像前几天那么不舒服了。"她女儿回答,眼里已噙满了泪花。

下午再过去的时候,丁老师正在准备接受抢救,她的血压、氧饱和度、心率均在直线下降。丁老师一直闭着的眼睛现在睁得好大,抢救还在持续进行着。在14:40时,她的女儿赶来了,看着母亲这个样子,她失声痛哭,走上前去抓着母亲的手。在这之前,丁老师的女儿始终没有在母亲面前哭过,虽然她已经做了很长一段时间的心理准备,但终究接受不了这一刻的来临。我走过去拍了拍丁老师女儿的肩膀,讲不出一句安慰的话。或许是听到了女儿的哭声,丁老师的眼睛又睁大了一些,随后缓缓地闭上了,此刻她的神情显得格外的平静。

14:55,医生宣告丁老师临床死亡。

另一位同事和我将丁老师身上的导尿管以及深静脉置管拔出,我再次走到她女儿的身边轻拍她的肩膀,她的女儿慢慢地接受了母亲已经离去的事实,哭声渐停。她们缓缓地为丁老师穿上了大红色的寿衣,望着她们一行人离去的背影,我的视线开始变得模糊起来,眼眶有了些许湿润……

　　生与死，是人生起止的两个端点；聚与散，是人生必经的两个过程。面对死亡，有多少人能够坦然接受？又有多少人能够做到宁静淡泊？只希望，在生命的终点，那些曾经饱受疾病痛苦的人们，从此不再遭受折磨。愿丁老师一路走好，愿您在天堂再没有痛苦！

（薛科强　李惠玲　徐　寅）

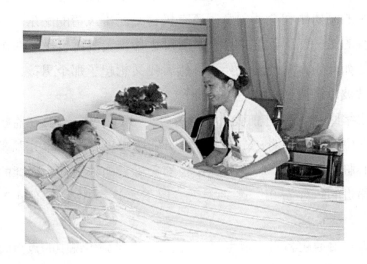

记 得

前一阵子,电影《寻梦环游记》上演了,此片继承了皮克斯一贯以来的高质量和全新创意,还有极富墨西哥风情的配乐。看完此片,我的第一感想就是:除了墨西哥之外,大概再也没有一个地方的人能如此乐天派地面对死亡。然后我又想起了那个男孩,那个一出生就被母亲遗弃在医院里的孩子。

思绪回到了10年前我在儿科病房实习的时候。当时在监护病房里有一位特殊的小朋友,出生时被明确诊断患者"新生儿肺炎、先天性心脏病"等数十种疾病,年轻的父母无力承受这个噩耗的打击以及昂贵的医疗费用,逃之夭夭,留下了这个出生还不足2周的孩子。

大家给他起名叫"点点"。当我第一次见到传说中的点点时,他已经3个月大,经过大家的奋力救治,他的病情稳定了下来。科主任常说:"点点是整个儿科病房大家的孩子。"从他吃的奶粉到他穿的衣服,都是大家义务捐献的,为了他的医药费,科主任牵头发起了好几次全院范围内的爱心募捐,我们这些实习生也纷纷慷慨解囊,只为这个孩子能够获得生的权利,能够亲眼见证这个美丽的世界。或许,对于医治点点的疾病而言,我们能为点点做的一切只是杯水车薪,终有一天他还是会离开我们,但是我们仍然在内心深处祈祷奇迹会发生。

  每天来监护病房看点点似乎已经成为全体儿科医护人员的必修课,他的病情变化也始终牵动着我们每一个人的心。每两小时为点点更换尿布、喂奶成了我每天的工作。患有先天性心脏病的婴儿由于发育较差,身高、体重均低于同年龄的小孩,他们爱哭,吸奶无力,稍一活动或用力就会出现口唇、甲床青紫,呼吸急促困难及明显的心前区跳动等症状。所以在护理这类婴儿时,我们要保持室内空气新鲜,温度适宜,并保证他们每天的饮水量充足,以免因脱水而导致血栓形成。在护理点点时,老师告诫我要尽量避免让他啼哭,满足其生理要求,如按时喂奶、及时更换尿布等。喂奶时不要堵住他的口鼻连续吸吮,这样会使他憋气,容易发生青紫,要间歇哺乳,使他得到休息。喂奶时最好抱着喂,采半坐卧姿45度,这样有助于增加点点的吸吮力,也更有助于消化。此外,还要随时注意他的情况,如出现发绀、呼吸过快时,应立即停止喂奶。喂奶完毕之后,要给他拍背排气,给予右侧卧位、抬高床头并观察有无溢奶。如果发生吐奶,首先要把他的头侧到一边,轻拍其背部,让口腔内的残余牛奶流出,以免呛到造成吸入性肺炎。另外,还要清洁点点的口腔并分段喂食,一次不能喂得太多,中间应给予休息及排气数次。在老师的指导下我渐渐变得驾轻就熟,在点点莫名哭闹时我也可以不求助于老师而自行安抚好他的情绪。我想:点点一定也慢慢习惯了我的存在,并开始对我有所依赖了吧。

在大家的精心呵护下，点点迎来了生命中的第一个儿童节，科室护士长给他换上了一早就为其准备好的新衣服。为了让整个房间都充满节日的气氛，我们拿出了特意为点点准备好的气球扎在了他的小床边。午休时分，我们都聚集在点点的床边，由护士长怀抱着点点面对大家，我们集体为他唱起了改编版的《节日快乐歌》，科主任更是特意为他准备了一个节日蛋糕。在护士长带着点点一起吹蜡烛的时刻，点点发出了银铃般的笑声。或许是因为周边的气氛太过于感人，护士长含着眼泪亲吻了点点的额头，我的内心世界一阵感慨，我们都明白这是他第一个或许也是他最后一个儿童节了……

　　上苍到底还是没能垂怜这个让人心疼的孩子，儿童节过后不久的一天夜里，点点开始高烧不退，出现紫绀、呼吸无力的症状，病情来势汹汹。科主任、护士长听闻后立刻从家中赶至医院，然而，一番全力的抢救终究也无法改变点点即将离我们而去的事实。看着他安静地躺在床上的瘦小身躯，大家都不禁红了眼圈：本该给全家带来希望的孩子，身上却满是伤痕，这一次，他本就脆弱的小心脏再也无法创造奇迹了。

　　撤去点点身上所有的导管和抢救仪器之后，护士长泪如雨下，她悲痛地说："我还想最后一次抱抱他。"点点就这样安静地躺在了护士长的怀中，还是同样的怀抱，只是这一次他再也不会睁开双眼冲我们笑了。面对他，我们显得无助极了，只能陪着他，看着他在睡梦中安静地离开……他就像路过这个世界的小天使，匆匆地来，又匆匆地走了。虽然他的亲生父母遗弃了他，但是他得到了我们这么多"临时父母"的爱与关心，从某种意义上而言，他也是一个幸福的孩子。愿通往天堂的路上，他再也感受不到任何身体、心灵上的疼痛。我第一次那么相信真的会有下辈子、会有轮回，希望点点可以早日投胎，以健康的身体归来，再来看看这个美丽的世界。

在我的手机里，至今还保存着儿童节当天大家和点点在一起的照片，我一直不舍得删掉，因为这张照片证明点点真的来到过这个世界。我相信每个生命来到这个世界都不是偶然，谢谢亲爱的点点，就是这个弱小的你，让年轻的我们变得更加坚强勇敢，学会舍己的爱。小小的你，让整个医疗团队的叔叔阿姨们的心变得更加柔软。"所有的丧失都会带来改变，"北京雏菊之家的哀伤辅导师李洁曾说，"一种巨大的改变——你永远不可能和原来一样了。"不知道遗弃他的父母在午夜梦回时良心会不会觉得不安，不知世事的点点还不知道痛苦为何物，生命的起点却也已是终点了。

我想，电影《寻梦环游记》所想要表达的文化内核与我们应该也是相通的吧。只是对于我们而言，死亡略显沉重与庄严。而对于他们而言，向死而生，死后，依然有蓬勃的生机，只要还有人记得你，你就不会真正逝去。

（徐　寅）

生命的主人

　　这是一位 94 岁高龄且异常倔强的老人。不知从什么时候开始,老人家开始喜欢拉着子女,还有孙子、孙女们,听她讲述以前的事情。从她小的时候讲起,日复一日,年复一年,每天都在重复着同样的话题,慢慢地,子女、孙子、孙女们开始嫌弃她了。老人家耳朵也不好,每次她和子女聊天的时候,大家会从一开始的耐心倾听慢慢转变为敷衍的微笑。"好的,好的,知道了……"然后就趁着一切机会逃离"魔爪"。于是,子女们回去看她的时间越来越短,回去的次数也越来越少,大家都在说:老人家到底是怎么了?现在怎么变成了这个样子了?老人家最小的儿子觉得她不正常,于是带着老人到医院里检查,医生诊断老人患有阿尔兹海默症。慢慢地,大家都知道了这件事情。所有的人都变得比以前更有耐心了——原来老人家是生病了。于是,大家又开始像以前一样陪着她,听她讲很久很久以前的故事,也许大家都已经听了无数遍,熟悉到能完整地背出来,就连语言、表情也模仿得一样。

　　从去年开始,老人家的病情越来越严重了,忽然间就像变成了

生命的主人

一个3岁小孩，大小便不知道要脱裤子，都弄在自己的身上。子女们闻到了她身上的异味，再去帮她清洗。以前因为害怕得糖尿病不肯吃甜食的老人，忽然间每天都要吃棒棒糖，如果要求没有得到满足，她就哭着、闹着说："我要吃棒棒糖，我要吃棒棒糖……"

一切的一切都变了，如果面对的是一个刚刚出生的小孩子，大家肯定都会很有耐心。可是面对这样像小孩子的老人家，子女们只能选择把她送到疗养院。老人家到疗养院之后，子女们都觉得松了一口气——终于可以休息一下了，当然，他们也觉得老人家获得了最好的照顾。可是，当天晚上疗养院就开始打电话了，原来老人在那里住不习惯，想回家，想她的孩子，她一遍一遍地叫着孩子们的名字。子女们接到电话都哭了，赶紧又把老人从疗养院接了回来。现在照顾老人变成了一个很大的难题。说她像3岁小孩，但有的时候她又非常清醒。有一天，她把所有的子女都叫到身边对他们说道："我快要走了，我希望走的时候，所有的孩子都陪在我的身边。我活到这么大岁数，生了三个儿子、两个女儿，还有这么多孙子孙女们，我的重孙都有啦，你们一定都要回来看我。"老人的这一席话让大家听了都非常伤心。接下来老人在清醒的时候就开始督促子女们帮她置办去世的物件。她自己挑选漂亮的衣服，挑选自己喜欢的棺材。把所有关于去世的事项一遍又一遍地叙述着。对我们来说，这一切都是那么不可思议；可在老人看来，这一切却又那么正常。老人每天醒后都要去看一看她的棺材，用手摸一摸，甚至有的时候还躺进去，试试舒服不舒服。老人跟她的子女说："万一哪天我走了，你一定要把这些衣服都烧给我呀，我到下面去要穿的。另外，多烧点儿纸钱给我。如果我不行了，要死了，你们一定都要陪着我，不要把我送到医院去,也不要给我开刀,不要给我做手术。"

也许每一位老人都是一名预言家。慢慢地老人的身体状况越来越差,她只能躺在床上,东西也吃不进了,每天只能喝点儿水。这个时候,子女们又在一起讨论该怎么办,是送到医院挂点营养液呢?还是说就放在家里面?有人说:"妈妈把我们养这么大,我们怎么能就看着她活生生地这么饿死呢?要送到医院里去,能活一天是一天。"有人说:"妈妈都已经这么痛苦了,你们再把她送到医院,再维持这样的生活,不是增加她的痛苦吗?"就在大家争吵不休的时候,老人家最小的儿子说:"妈妈在清醒的时候就一直跟我们说,她最大的心愿就是希望我们都能够在她的身边陪着她。如果真的不行了,就让她走吧,只要我们在她的身边,就算现在走,她也走得安心。"说完这句话所有人都安静了。从那以后老人家的子女们每天都陪伴在老人家的身边,连孙子、孙女们每个礼拜都回家看看。孩子们陪伴着老人,跟她讲述着以前的故事,老人的脸上挂着安宁的笑容,慢慢地闭上了双眼。子女们完全按照老人的交代,完成了所有的事项。

这位老人,就是我的奶奶。每个人都会变老,每个人都会走到生命的尽头,不管何时,做自己生命的主人!

(季 娟)

无名战士

"我们没有什么假期的,24 小时要待在医院里陪在病人旁边……"

"我也就每年过年时可以回家一次……"

"是的,没办法,有时候整夜都没法合眼……"

"这里有窗户,阳光能照进来;有的医院连窗户都没有,暗得很……"

"没办法,总是要适应的,最初还是很害怕的……"

"有时候一个早上,我负责的老人就有两个前后离世了……"

"我们这行工作真的很辛苦,但是没办法啊,我们要生活啊……"

"小时候家里没有条件供我读书,又不识字,除了做这个,还能做什么呢?"

"家属不理解的时候,我们真的觉得很委屈……"

这些话是谁说的呢?他们是谁呢?他们是我们病房里负责照顾临终患者的护工叔叔阿姨们。

小陈阿姨,来到我们医院的时候她只有 30 岁,一做护工就是

10年。她每天5点多起床，轮流给几位老人洗漱、擦身、喂饭。白天，她要一次次地将几位老人轮流抱到轮椅上坐好，然后推到医院花园里去走走看看；中午、晚上又要一次次地将老人们抱上床休息；半夜三更，她还要一次次起床，为老人翻身、拍背。她说："每逢节假日，就很想回老家看看家人，好不容易等来一次回家的机会，却又放不下这里的老人，怕老人摔倒，也怕老人没有我会不习惯……"一位老人的家属说："与小陈相比，我们做子女的都会感到汗颜。"

小杨阿姨，今年50岁，来到我们医院工作已有14个年头，她护理着3位临终老人，这几位老人分别患有肿瘤、老年痴呆症、大小便失禁以及下肢瘫痪病症。小杨阿姨就像哄小孩一样为老人清洗身上的污秽，老人家有时会因为难受而通宵睡不着，小杨阿姨就彻夜陪伴着他们，生怕他们有任何的病情变化。连我们的医生都夸赞说："这几位老人能活到现在，可以说是奇迹，如果没有护工的悉心照顾，这几位老人不可能如此长寿。"

护工小方阿姨告诉我说："一直记得第一次给临终病人擦身，我完全不敢看病人的眼睛。那时候我对这类病人有些害怕。"后来，护士长对她说要学会尊重病人，第一步就是要"正视"病人，这是尊重的一部分。后来她慢慢习惯了这个工作，每当有病人离世时，她还会提醒家人，逝者的听觉是最后消失的，应多向逝者说一些让逝者放心的话，让其安然离去。"每天面对着生离死别，最大的感悟是，当疾病还没有来临的时候，要热爱生活、珍惜当下；当疾病来临的时候，要正视疾病，正确面对。"

他们是一群特殊的战士，特殊在他们必须和死亡打交道，他们目睹生命的衰老与消逝,见过死亡的面孔,无效地抗争过死神,见证了太多死亡的全过程。由于长时间的看护,他们与病人之间多多少少会产生感情,可他们亲眼看着一个又一个病人在他们眼前永远睡过去,却无能为力,只能默默承受着一次又一次永不再见的别离。接触过太多死亡,呼吸过太多死亡的气息,长时间沉浸在压抑的气氛中,对于死亡,他们也许会变得熟视无睹,习以为常,会更坦然地面对死亡。可是人都是有感情的动物,对于一个生命的谢幕,他们即使见得再多,当新的死亡到来时,他们还是会很悲伤压抑,在他们心灵的某一个角落已暗暗留下了死亡的遗迹。他们中甚至有很多人走不出死亡的阴影,长时间的压抑使其无法再继续这份工作。

有时他们不仅要承受面对死亡的惧怕与压力,还要面对部分家属的不理解与刁难,忍受很多歧视与白眼,强忍很多委屈。他们是挣扎于社会底层的劳动者,他们背负着过度的无奈与艰辛,他们平凡却不卑微,他们普通但不可替代,他们用良知和担当撑起护工这个行业,但是很多时候他们没有得到该有的尊重与敬意,这是这个时代的悲哀,也是很多底层劳动人民的无奈。

他们把自己柔弱的肩膀给老人当作依靠,把被服侍的老人当作亲人,在那些疾病缠身、年迈体弱的老人们面前,他们的肩膀就是所护理的老人们人生中最后的支撑。生命到了尽头,因为有他们,老人们走得平静而有尊严。

虽说每份工作都有它的艰辛,每个人都有他的无奈,但在他们这些护工面前,所有的艰辛都显得那么苍白,所有的抱怨也只不过是徒增矫情。即使是迫于生计,与高尚无关,他们也配得上接受我们最诚挚的敬意,因为所有的良知与敬业都担得起"尊敬"二字。

让我们真诚地对这些无名战士道上一句:"谢谢,你们真的辛苦啦!"

(徐 寅)

最后的心愿

"小易的妹妹出生了,他见到妹妹了!"第一时间,神经外科的医务人员都知道了这个好消息,大家眼睛里闪动着喜悦的泪花,深深地舒了一口气,小易最后的心愿终于要实现了。

小易是个6岁的帅气男孩,两年前被确诊为脑室管膜瘤。期间父母带着他辗转全国各地的医院,经历过多次手术和放化疗,数次进出ICU。不幸的经历并没有打败这个孩子,他比同龄的孩子更懂事,也更坚强勇敢。他想要战胜肿瘤,就像游戏里打败怪兽一样。小易特别喜欢小宝宝,一直希望能有个妹妹。也许是上帝听到了小易的心声,2016年下半年小易的妈妈怀孕了,小易特别特别开心。

2017年的新年伊始,小易的肿瘤复发了,专家的意见一致:没有再手术的必要了,意义不大了。小易的身体每况愈下,头痛,呕吐,他知道自己脑袋里的肿瘤又长大了。这个懂事的孩子仿佛已经预知到了死亡,却又充满希望地说道:"爸爸妈妈,我想亲眼看到妹妹。"主任答应通过手术为小易争取时间。距离妹妹出生还有不到两个月的时间,这段时间里小易很配合治疗,医生给他做了肿瘤部分切除+脑室腹腔分流管调整术,以减轻他的不适症状。但是小易的病情进展得更快了,虽然意识是清醒的,但是呼吸功能衰竭,没有自主呼吸,只能依靠呼吸机辅助呼吸,就这样在 ICU 住了近两个星期。小易看不到爸爸妈妈,爸爸妈妈也看不到小易。只能在每天的探视时间,通过五分钟的视频通话,互相默默地注视着。

小易在 ICU 住了两个星期的时候,他妹妹出生了。听到这个消息的时候,小易流下了喜悦的泪水。小易想亲眼看到妹妹,爸爸妈妈也想陪小易走过最后的时光。在爸爸妈妈的再三请求下,通过与 ICU 医生讨论后,爸爸妈妈和主任共同决定:让小易带着气管插管连同呼吸机一起回病房。爸爸甚至为此自己买了一台呼吸机及空气压缩泵,最终却因设备与病房设施不配套而放弃使用。主任于是逐级申请,联合医务处、护理部、设备处,最终从 ICU 借来一台呼吸机。我们为小易提供了单间病房,安排了专人护理,还特意邀请 ICU 的医生和护士长给我们讲解呼吸机的使用、常见报警的处理及密闭式吸痰等。小易回来的时候已经很虚弱了,嘴巴里因为气管插管不能讲话,但意识很清醒,我们会让他通过眨眼睛来表达自己的意愿,同意眨一下眼睛,不同意眨两下眼睛。在这期间,小易每天会跟妈妈和妹妹视频,看得出来小易很开心。

小易的身体越来越弱,每天醒着的时间越来越少,睡着的时间越来越多。在妹妹满月的第二天,妈妈带着妹妹来医院看他了。那是一个夏日的晴朗的午后,小易一上午都没怎么睡觉,缠着爸爸给他洗脸洗手,还换上了干净的衣服,只为了妹妹的到来。终于妈妈抱着睡着的妹妹走进了房间,阳光照在妹妹的身上,脸上的小绒毛都能看到。妈妈说:"要不要摸摸妹妹?妹妹的皮肤很软很滑哦。"

小易眨了一下眼睛。爸爸牵起小易的右手，轻轻地触摸妹妹的额头、眉毛、眼睛、鼻子、嘴巴，当触摸到妹妹脸颊的时候，妹妹睁开了眼睛，打了个哈欠，不知道是不是感应到了哥哥的抚摸，妹妹咧开嘴冲着哥哥笑了起来。小易很开心，妹妹给了他回应。接下来小易又和妹妹牵了手，突然间妹妹毫无征兆地哭了起来，小易很无措。妈妈说："妹妹肯定是尿尿了。"打开尿不湿，果然尿布满满的。妈妈给妹妹换了尿不湿，又给妹妹喂了母乳，在拍背的时候妹妹还打了一个响亮的饱嗝。吃饱后妹妹又犯困了，妈妈提议让妹妹陪小易一起睡，小易开心地答应了。妈妈把妹妹放在小易的左侧，熬了一上午的小易和妹妹一起进入了甜蜜的梦乡。阳光照在他们两人的身上，暖暖的。

　　一个星期后，小易安详地离开了。在最后的时光里，爸爸妈妈一直陪在小易的身边，嘴里哼着小易生前最爱听的歌谣，讲述着妹妹的成长。虽然家人都很伤心，但是大家都没有遗憾，小易实现了最后的心愿，见到妹妹了……

（张　芳　杨婷婷）

屋里弥漫着薰衣草的芳香

　　蒋先生因患晚期肝癌生命垂危，进入了临终状态，这几天他情绪极低，一直在自责自己没能及时进行每年体检以致病入膏肓。因为痛和虚弱，医生给他开了绝对卧床休息医嘱，用白蛋白支持，小剂量吗啡镇痛。蒋先生病前是单位的白领，平时很注重个人卫生清洁；这次入院由于虚弱，他已经一个月没洗澡了，身上皮肤黄疸搔痒难忍，夫人很想帮他洗澡，但是不敢。这天，他终于忍不住了，坚决要求护士长帮忙给他洗澡。但这时，他的血压较低，极其虚弱，护士长汇报医生后未果，只好拨通护理部主任的电话求助，这时，主任来到了蒋先生床边。

　　护理部主任（走到床边，轻轻拉开蒋先生的衣袖，看了看，黄黄的胳膊上面全是手指的划痕，她轻抚起病人的前臂）：您很想洗澡，是吗？一个月没冲淋了，如果是我也会熬不住的，（转向蒋夫人）夫人也想帮他洗是吗？

　　蒋夫人：是的，就是不敢。

　　护理部主任（摸了下蒋先生的脉搏，看看监护仪的血压、氧饱和参数,基本在正常范围,便对护士长说):请床位医生护驾,准备好抢救车和氧气装置,还有吸引器。(转向蒋夫人)蒋夫人,我们准备和您一起帮他洗澡,需要您签个字,洗澡的过程可能存在呕血、休克等危险,我们将共同承担责任,可以吗?

蒋夫人点点头,在病历上签了字。

护理部主任:护士长、床位护士和我还有夫人,我们共同帮他洗澡,由于病人较虚弱,只有10分钟时间,我们需要在浴缸内放好椅子等所有防护设备。蒋先生,我们都是您的妹妹,您不介意我们帮您洗澡吧?您夫人替您洗下半身,我们替您洗上半身,如何?

蒋先生(点头):谢谢你了!

护理部主任:好了,让我们调好水温和室温,开始吧!蒋先生,我先要冲湿您的头发,哦,水温刚好,您试试行吗?(边说边和护士长共同用他最喜欢的薄荷味洗发香波揉搓他的头发)这样会不会用力太重?有什么不舒服请告诉我好吗?

蒋先生:好清香啊!太舒服了,觉得很轻松(护士用毛巾为他擦洗着上半身,在双臂抓痕明显处转用手轻轻抚洗;蒋夫人用毛巾帮他搓着下身。约10分钟,屋里弥漫着薰衣草沐浴露的芳香……)

护理部主任(看了眼墙上的时钟):时间到了;(扪了下蒋先生的脉搏,为每分钟112次),不能再洗了,马上停止吧!

蒋先生:再让我冲一会儿吧,舒服极了,我好像感到自己又活回来了……

护理部主任:蒋先生,您的脉搏在加速,头上在出汗,不能再冲了,否则血管继续扩张会休克的,现在需要休息,来,我们用大毛巾将您裹起来,头也要用干毛巾裹一下,否则会着凉感冒的。

护士长、床位医生、护士及家属共同将他抱回轮椅,推回病床,护士长用吹风机给蒋先生吹头发,其他人则帮助他擦干身体,穿上干净的衣服。护士长问道:您现在感觉如何?是否很累?

病人蒋先生:真的很舒服,能够在这个时候洗上澡,我死而无憾了!

洗澡后的第二天,护士长接到病房护士的电话,告知蒋先生突然神志朦胧,呕血,始终坚持要回家,蒋夫人也想带他回去,刚搬的新家新床他还没住过呢。护士长接到电话,立即汇报了科主任和主管领导,征得同意后赶到病房。

病人蒋先生(头强直着,说话已经不甚清晰,但还是能听得出):回家,回家!

蒋夫人:护士长,我想带他回家,让他躺在新床上离开,能帮帮我吗?

护士长:好的,我已经汇报过了,同意他回家,但需要做些准备,救护车半小时后到达,来,我们一起帮他换上回家的衣服,好吗?(对蒋先生儿子说)放一点轻音乐吧,让蒋先生放松点。

蒋夫人与儿子:好的。

护士长:牧师等会儿会到的,我联系了蒋先生妈妈以前的同事(都是基督教信徒)顾牧师,他马上来了,(在蒋先生耳边轻轻说):顾牧师马上会来为您祷告的,我会把您送回家。前天陪您夫人买好的深藏青西装、白衬衣和红领带我们会帮助您穿上的,您还想见谁?可以告诉我,我会帮您联系的……

半小时后,救护车到了。

护士长:蒋先生,车来了,我们带您回家,现在需要把您抱上

屋里弥漫着薰衣草的芳香

推车,夫人先回家等您,我和您儿子陪你上车,好吗?

蒋先生睁大眼睛,点点头。

救护车上,护士长不停地喊着蒋先生的名字,告知他所到的地方,并联系着他要见的人。

护士长:蒋先生,我们现在已经到了您家门前的花园了,再拐个弯,就到家门口了……

到家了

护士长:蒋先生,现在您已经平安到家了,我们休息一下,你夫人在接待客人,您要见的人都在客厅里,您想见谁,可以和儿子说,我在外面,有啥需要可随时叫我。

护士长让蒋先生儿子点起床头柜上的香薰炉,里面散发出薄荷精油的芬芳;打开录音机,放着轻音乐,声音很低。蒋先生和相见的亲人一一握手告别。三小时后,蒋先生在妻儿的陪伴下,穿着新衣,带着香气与美乐,了无遗憾地离开了人世……

以上这个真实案例来自笔者10年前安宁照护的自觉学习和实践,当病人生命垂危之时,是按照医护人员的意志强行抢救,还是尊重病家的愿望保持个人清洁和自我形象尊严,在护患充分沟通信任的基础上,最大程度地满足病家的需求,使危在旦夕的病人死而无憾,这需要智、仁、勇的生命关怀的信念和意志,勇于担当、感同身受、体察涵泳、润物无声,这便是心中有人的安宁照护至高境界。

(李惠玲 丁 蔚 刘 璐)

附　录

国家卫生和计划生育委员会办公厅关于印发安宁疗护实践指南（试行）的通知

国卫办医发〔2017〕第5号

各省、自治区、直辖市卫生计生委，新疆生产建设兵团卫生局：

为贯彻落实《国务院关于促进健康服务业发展的若干意见》（国发〔2013〕40号）和《关于推进医疗卫生与养老服务相结合指导意见的通知》（国办发〔2015〕84号），进一步推进安宁疗护发展，满足人民群众健康需求，我委组织制定了《安宁疗护实践指南（试行）》（可从国家卫生计生委网站下载）。现印发给你们，请参照执行。

国家卫生和计划生育委员会办公厅
二〇一七年一月二十五日

安宁疗护实践指南（试行）

安宁疗护实践以临终患者和家属为中心，以多学科协作模式进行，主要内容包括疼痛及其他症状控制，舒适照护，心理、精神及社会支持等。

一、症状控制

（一）疼痛

1. 评估和观察

评估患者疼痛的部位、性质、程度、发生及持续的时间，疼痛的诱发因素、伴随症状、既往史及患者的心理反应；根据患者的认知能力和疼痛评估的目的，选择合适的疼痛评估工具，对患者进行动态的连续评估并记录疼痛控制情况。

2. 治疗原则

（1）根据世界卫生组织癌痛三阶梯止痛治疗指南，药物止痛治疗五项基本原则如下。1）口服给药。2）按阶梯用药。3）按时用药。4）个体化给药。5）注意具体细节。

（2）阿片类药物是急性重度癌痛及需要长期治疗的中、重度癌痛治疗的首选药物。长期使用时，首选口服给药，有明确指征时可选用透皮吸收途径给药，也可临时皮下注射给药，必要时患者自控镇痛泵给药。

（3）镇痛药物使用后，要注意预防药物的不良反应，及时调整药物剂量。结合病情给予必要的其他药物和或非药物治疗，确保临床安全及镇痛效果。同时要避免突然中断阿片类药物引发戒断综合征。

3. 护理要点

（1）根据疼痛的部位协助患者采取舒适的体位。

（2）给予患者安静、舒适环境。

（3）遵医嘱给予止痛药，缓解疼痛症状时应当注意观察药物疗效和不良反应。

（4）有针对性地开展多种形式的疼痛教育，鼓励患者主动讲述疼痛，教会患者疼痛自评方法，告知患者及家属疼痛的原因或诱因及减轻和避免疼痛的其他方法，包括音乐疗法、注意力分散法、自我暗示法等放松技巧。

4. 注意事项

止痛治疗是安宁疗护治疗的重要部分，患者应在医务人员指导下进行止痛治疗，规律用药，不宜自行调整剂量和方案。

（二）呼吸困难

1. 评估和观察

（1）评估患者病史、发生时间、起病缓急、诱因、伴随症状、活动情况、心理反应和用药情况等。

（2）评估患者神志、面容与表情、口唇、指（趾）端皮肤颜色，呼吸的频率、节律、深浅度，体位、外周血氧饱和度、血压、心率、心律等。

2. 治疗原则

（1）寻找诱因的同时应努力控制症状，无明显低氧血症的终末期患者给氧也会有助于减轻呼吸困难。

（2）呼吸困难最佳的治疗措施为治疗原发疾病，保持气道通畅，保证机体氧气供应。

（3）但在不可能做到的情况下，阿片类药物是使用最为广泛的具有中枢活性的治疗此类呼吸困难的药物，应明确告知呼吸抑制、镇静的作用机制。

3. 护理要点

（1）提供安静、舒适、洁净、温湿度适宜的环境。

（2）每日摄入适度的热量，根据营养支持方式做好口腔和穿刺部位护理。

（3）保持呼吸道通畅，痰液不易咳出者采用辅助排痰法，协助患者有效排痰。

（4）根据病情取坐位或半卧位，改善通气，以患者自觉舒适为原则。

（5）根据病情的严重程度及患者实际情况选择合理的氧疗。

（6）指导患者进行正确、有效的呼吸肌功能训练。

（7）指导患者有计划地进行休息和活动。

4. 注意事项

（1）呼吸困难通常会引发患者及照护者的烦躁、焦虑、紧张，要注意安抚和鼓励。

（2）呼吸困难时口服给药方式可能会加重患者的症状或呛咳，可考虑其他途径的给药方式。

（三）咳嗽、咳痰

1. 评估和观察

（1）评估咳嗽的发生时间、诱因、性质、节律、与体位的关系、伴随症状、睡眠等。

（2）评估咳痰的难易程度，观察痰液的颜色、性质、量、气味和有无肉眼可见的异常物质等。

（3）必要时评估生命体征、意识状态、心理状态等，评估有无发绀。

2. 治疗原则

（1）寻找咳嗽的病因并进行治疗，如激素及支气管扩张剂治疗哮喘，利尿剂治疗心力衰竭，抗生素治疗感染，质子泵抑制剂及促动剂治疗胃食管反流，抗胆碱药物治疗唾液过多误吸，调整血管紧张素转化酶抑制剂等。

（2）在原发病不能控制的情况下，阿片类药物治疗有效，需告知呼吸抑制、恶心、呕吐、便秘等副作用。

（3）对于局部刺激或肿瘤所致咳嗽患者，可予以雾化麻醉剂治疗。

（4）给予高热量、高蛋白营养支持方式，嘱患者多次少量饮水。

3. 护理要点

（1）提供整洁、舒适、温湿度适宜的环境，减少不良刺激。

（2）保持舒适体位，避免诱因，注意保暖。

（3）对于慢性咳嗽者，给予高蛋白、高维生素、足够热量的饮食，多次少量饮水。

（4）促进有效排痰，包括深呼吸和有效咳嗽、湿化和雾化疗法，如无禁忌，可予以胸部叩击与胸壁震荡、体位引流以及机械吸痰等。

（5）记录痰液的颜色、性质、量，正确留取痰标本并送检。

（6）指导患者掌握正确的咳嗽方法，正确配合雾化吸入。

4. 注意事项

（1）根据具体情况决定祛痰还是适度镇咳为主，避免因为剧咳引起体力过度消耗影响休息或气胸、咯血等并发症。

（2）教育患者及照护者呼吸运动训练、拍背及深咳。咯血、气胸、心脏病风险较高的患者应谨慎拍背、吸痰。

（四）咯血

1. 评估和观察

（1）评估患者咯血的颜色、性状及量，伴随症状，治疗情况，心理反应，既往史及个人史。

（2）评估患者生命体征、意识状态、面容与表情等。

（3）了解血常规、出凝血时间等检查结果。

2. 治疗原则

（1）安宁疗护原则以积极控制少量咯血，预防再次咯血。

（2）尽力缓解大咯血引发的呼吸困难和窒息症状，避免刻意延长生命的抢救措施，如输血、气管插管，介入、手术等治疗措施。

3. 护理要点

（1）大咯血患者绝对卧床，取患侧卧位，出血部位不明患者取平卧位，头偏向一侧。

（2）及时清理患者口鼻腔血液，安慰患者。

（3）吸氧。

（4）观察、记录咯血量和性状。

（5）床旁备好吸引器等。

（6）保持排便通畅，避免用力。

4. 注意事项

（1）避免用力拍背、频繁吸痰，注意言语及动作安抚，必要时使用镇静类药物。

（2）对有咯血风险的患者应加强预防性宣教及沟通，使其有一定的思想准备。

（3）咯血期间避免口服药物，可予以其他用药方式。

（五）恶心、呕吐

1. 评估和观察

（1）评估患者恶心与呕吐发生的时间、频率、原因或诱因，呕吐的特点及呕吐物的颜色、性质、量、气味，伴随的症状等。

（2）评估患者生命体征、神志、营养状况，有无脱水表现，腹部体征。

（3）了解患者呕吐物或细菌培养等检查结果。

（4）注意有无水电解质紊乱、酸碱平衡失调。

2. 治疗原则

寻找引发症状的诱因及病因，如消化、代谢、中枢神经系统疾病、药物不良反应等，有针对性的治疗。

3. 护理要点

（1）出现前驱症状时协助患者取坐位或侧卧位，预防误吸、呕血。

（2）清理呕吐物，更换清洁床单。

（3）必要时监测生命体征。

（4）记录每日出入量、尿比重、体重及电解质平衡情况等。

（5）剧烈呕吐时暂禁饮食，遵医嘱补充水分和电解质。

4. 注意事项

适度的言语或非言语安抚，协助清理呕吐物及患者肢体活动，尽早纠正诱因及使用对症处理药物，预防误吸、消化道出血、心脏事件等。

（六）呕血、便血

1. 评估和观察

（1）评估患者呕血、便血的原因、诱因、出血的颜色、量、性状及伴随症状，治疗情况，心理反应，既往史及个人史。

（2）评估患者生命体征、精神和意识状态、周围循环状况、腹部体征等。

（3）了解患者血常规、凝血功能、便潜血等检查结果。

2. 治疗原则

（1）寻找可能的诱因或病因，酌情停止可疑药物、肠内营养，避免误吸、窒息。

（2）避免大量出血时输血及有创抢救措施。

（3）可予以适度镇静处理。

3. 护理要点

（1）卧床，呕血患者床头抬高 $10°\sim15°$ 或头偏向一侧。

（2）及时清理呕吐物，做好口腔护理。

（3）监测患者神志及生命体征变化，记录出入量。

（4）判断有无再次出血的症状与体征，注意安抚。

4. 注意事项

（1）呕血、便血期间绝对禁止饮食，注意向患者及家属解释及安抚，使其有一定的思想准备和心理预期。

(2) 避免胃镜、血管造影等有创性检查。

（七）腹胀。

1. 评估和观察

(1) 评估患者腹胀的程度、持续时间、伴随症状，腹胀的原因，排便、排气情况，治疗情况，心理反应，既往史及个人史。

(2) 了解患者相关检查结果。

2. 治疗原则

(1) 寻找可能的诱因及可实施的干预措施如调整肠内营养种类、温度、可疑药物。

(2) 必要时调整营养支持方式，予以胃肠减压、通便及灌肠处理。

3. 护理要点

(1) 根据病情协助患者采取舒适体位或行腹部按摩、肛管排气、补充电解质等方法减轻腹胀。

(2) 遵医嘱给予相应治疗措施，观察疗效和副作用。

(3) 合理饮食，适当活动。

(4) 做好相关检查的准备工作。

4. 注意事项

非药物治疗如热敷、针灸、适度按摩，指导患者、家属及照护者观察反馈。

（八）水肿

1. 评估和观察

(1) 评估水肿的部位、时间、范围、程度、发展速度，与饮食、体位及活动的关系，患者的心理状态，伴随症状，治疗情况，既往史及个人史。

（2）观察生命体征、体重、颈静脉充盈程度，有无胸水征、腹水征，患者的营养状况、皮肤血供、张力变化等。

（3）了解相关检查结果。

2. 治疗原则

（1）针对诱因及病因，调整药物及液体入量。

（2）避免安宁疗护的终末期肾病患者进行肾脏替代治疗及相关操作。

3. 护理要点

（1）轻度水肿患者限制活动，严重水肿患者取适宜体位卧床休息。

（2）监测体重和病情变化，必要时记录每日液体出入量。

（3）限制钠盐和水分的摄入，根据病情摄入适当蛋白质。

（4）遵医嘱使用利尿药或其他药物，观察药物疗效及副作用。

（5）预防水肿部位出现压疮，保持皮肤完整性。

4. 注意事项

（1）对患者、照护者进行饮食、活动指导。

（2）准确记录入量、尿量。

（3）注意皮肤护理。

（九）发热

1. 评估和观察

（1）评估患者发热的时间、程度及诱因、伴随症状等。

（2）评估患者意识状态、生命体征的变化。

（3）了解患者相关检查结果。

2. 治疗原则

控制原发疾病，以物理降温为主，谨慎使用退热药物，注意补充水分、热量及保持电解质平衡。

3. 护理要点

（1）监测体温变化，观察热型。

（2）卧床休息。

（3）高热患者给予物理降温或遵医嘱药物降温。

（4）降温过程中出汗时及时擦干皮肤，随时更换衣物，保持皮肤和床单清洁、干燥；注意降温后的反应，避免虚脱。

（5）降温处理30分钟后复测体温。

（6）做好口腔、皮肤护理。

4. 注意事项

（1）低热情况以擦浴等物理降温方式为主，中高热情况下适度使用退热药物，注意皮肤失水及电解质紊乱的纠正。

（2）高热或超高热可考虑冰帽、冰毯和/或冬眠疗法。

（十）厌食/恶病质

1. 评估和观察

（1）评估患者进食、牙齿、口腔黏膜情况。

（2）评估患者有无贫血、低蛋白血症、消化、内分泌系统等疾病表现。

（3）评估患者皮肤完整性。

（4）评估有无影响患者进食的药物及环境因素。

2. 治疗原则

（1）根据具体病情及患者、家属意见选择喂养或营养支持方式，如经口、鼻饲、胃空肠造瘘管饲或静脉营养。

（2）可给予改善食欲的药物治疗。

（3）患口腔疾病且可干预的患者可考虑治疗口腔疾病。

3. 操作要点

（1）每天或每餐提供不同的食物，增加食欲，在进餐时减少任何可能导致情绪紧张的因素。

（2）少量多餐，在患者需要时提供食物，将食物放在患者易拿到的位置。

（3）提供患者喜爱的食物，提供一些不需太过咀嚼的食物。

（4）遵医嘱予以营养支持。

4. 注意事项

（1）注意照顾患者的情绪，循序渐进。

（2）充分与照护者及家属沟通，取得信任和配合。

（3）必要时考虑肠外营养逐步向肠内营养，经口进食过渡。注意食物的搭配与口感。

（十一）口干

1. 评估和观察

（1）评估患者口腔黏膜完整性及润滑情况，有无口腔烧灼感。

（2）评估患者有无咀嚼、吞咽困难或疼痛以及有无味觉改变。

（3）评估有无引起患者口干的药物及治疗因素。

2. 治疗原则

（1）调整居住环境。

（2）口腔局部治疗。

（3）药物改善症状。

3. 护理要点

（1）饮食方面鼓励患者少量多次饮水。

（2）增加病房中空气的湿度。

（3）口腔护理。

（4）必要时常规使用漱口剂。

4. 注意事项

避免粗暴的口腔护理操作，强行剥脱血痂、表面覆膜、警惕润滑液误吸情况。

（十二）睡眠/觉醒障碍（失眠）

1. 评估和观察

（1）评估患者性别、年龄、既往失眠史。

（2）评估患者失眠发生的药物及环境因素。

（3）评估患者有无不良的睡眠卫生习惯及生活方式。

（4）有无谵妄、抑郁或焦虑状态等精神障碍。

2. 治疗原则

了解患者睡眠节律，可能的诱因和病因，必要时行睡眠监测，行为心理治疗，避免使用非处方催眠药物。

3. 护理要点

（1）改善睡眠环境，减少夜间强光及噪声刺激。

（2）对于躯体症状如疼痛、呼吸困难等引发的失眠应积极控制症状。

（3）采取促进患者睡眠的措施，如：增加日间活动、听音乐、按摩双手或足部。

（4）定期进行失眠症防治的健康教育。

4. 注意事项

(1) 注意观察、评估和沟通环节，贯穿治疗整个过程。如睡眠质量、睡眠时间改善，不必强行纠正已有的睡眠规律。

(2) 警惕意识障碍发生，及早发现。

(3) 在使用处方类镇静催眠药物时应告知并注意预防跌倒、低血压等副作用。

(十三) 谵妄

1. 评估和观察

(1) 评估患者意识水平、注意力、思维、认知、记忆、精神行为、情感和觉醒规律的改变。

(2) 评估患者谵妄发生的药物及环境因素。

2. 治疗原则

(1) 寻找病因并改变可能的危险因素至关重要，如感觉损害、药物等，监测并处理尿潴留、便秘、跌倒外伤等并发症。

(2) 使用合适的约束，充分向患者家属告知病情。

(3) 必要时小剂量使用苯二氮卓类或氟哌啶醇类镇静药物。

3. 护理要点

(1) 保持环境安静，避免刺激。尽可能提供单独的房间，降低说话的声音，降低照明，应用夜视灯，使用日历和熟悉的物品，较少的改变房间摆设，以免引起不必要的注意力转移。

(2) 安抚患者，对患者的诉说做出反应，帮助患者适应环境，减少恐惧。

4. 注意事项

(1) 在诱因病因无法去除的情况下，应与家属及照护者沟通谵妄发作的反复性和持续性，争取理解、配合，保护患者避免外伤。

（2）约束保护的基础上可予以药物干预。

二、舒适照护

（一）病室环境管理

1. 评估和观察

（1）评估病室环境的空间、光线、温度、湿度、卫生。

（2）评估病室的安全保障设施。

2. 操作要点

（1）室内温度、湿度适宜。

（2）保持空气清新、光线适宜。

（3）病室物体表面清洁，地面不湿滑，安全标识醒目。

（4）保持病室安静。

3. 指导要点

（1）告知患者及家属遵守病室管理制度。

（2）指导患者了解防跌倒、防坠床、防烫伤等安全措施。

4. 注意事项

（1）病室布局合理，温馨。

（2）通风时注意保暖。

（3）工作人员应做到说话语气温和、走路轻、操作轻、关门轻。

（二）床单位管理

1. 评估和观察

（1）评估患者病情、意识状态、合作程度、自理程度、皮肤情况等。

（2）评估床单位安全、方便、整洁程度。

2. 卧床患者更换被单操作要点

（1）与患者沟通，取得配合。

（2）移开床旁桌、椅。

（3）将枕头及患者移向对侧，使患者侧卧。

（4）松开近侧各层床单，将其上卷于中线处塞于患者身下，清扫整理近侧床褥；依次铺近侧各层床单。

（5）将患者及枕头移至近侧，患者侧卧。

（6）松开对侧各层床单，将其内卷后取出，同法清扫和铺单。

（7）患者平卧，更换清洁被套及枕套。

（8）移回床旁桌、椅。

（9）根据病情协助患者取舒适体位。

（10）处理用物。

3. 指导要点

（1）告知患者床单位管理的目的及配合方法。

（2）指导患者及家属正确使用床单位辅助设施。

4. 注意事项

（1）评估操作难易程度，运用人体力学原理，防止职业损伤。

（2）操作过程中观察患者生命体征、病情变化、皮肤情况，注意保暖，保护患者隐私。

（3）操作中合理使用床挡保护患者，避免坠床。

（4）使用橡胶单或防水布时，避免其直接接触患者皮肤。

（三）口腔护理

1. 评估和观察

（1）评估患者的病情、意识、配合程度。

（2）观察口唇、口腔黏膜、牙龈、舌苔有无异常；口腔有无异味；牙齿有无松动，有无活动性义齿。

2. 操作要点

（1）核对患者，向患者解释口腔护理的目的、配合要点及注意事项，准备用物。

（2）选择口腔护理液，必要时遵医嘱选择药物。

（3）协助患者取舒适恰当的体位。

（4）颌下垫治疗巾，放置弯盘。

（5）擦洗牙齿表面、颊部、舌面、舌下及硬腭部，遵医嘱处理口腔黏膜异常。

（6）操作前后认真清点棉球，温水漱口。

（7）协助患者取舒适体位，处理用物。

3. 指导要点

（1）告知患者口腔护理的目的和配合方法。

（2）指导患者正确的漱口方法。

4. 注意事项

（1）操作时避免弯钳触及牙龈或口腔黏膜。

（2）昏迷或意识模糊的患者棉球不能过湿，操作中注意夹紧棉球，防止遗留在口腔内，禁止漱口。

（3）有活动性义齿的患者协助清洗义齿。

（4）使用开口器时从磨牙处放入。

（四）肠内营养的护理

1. 评估和观察

（1）评估患者病情、意识状态、营养状况、合作程度。

（2）评估管饲通路情况、输注方式，有无误吸风险。

2. 操作要点

（1）核对患者，准备营养液，温度以接近正常体温为宜。

（2）病情允许，协助患者取半卧位，避免搬动患者或可能引起误吸的操作。

（3）输注前，检查并确认喂养管位置，抽吸并估计胃内残留量，如有异常及时报告。

（4）输注前、后用约30毫升温水冲洗喂养管。

（5）输注速度均匀，根据医嘱调整速度。

（6）输注完毕包裹、固定喂养管。

（7）观察并记录输注量以及输注中、输注后的反应。

3. 指导要点

（1）携带喂养管出院的患者，告知患者及家属妥善固定喂养管，输注营养液或特殊用药前后，应用温开水冲洗喂养管。

（2）告知患者喂养管应定期更换。

4. 注意事项

（1）营养液现配现用，粉剂应搅拌均匀，配制后的营养液密闭放置在冰箱冷藏，24小时内用完，避免反复加热。

（2）长期留置鼻胃管或鼻肠管者，每天用油膏涂拭鼻腔黏膜，轻轻转动鼻胃管或鼻肠管，每日进行口腔护理，定期（或按照说明书）更换喂养管，对胃造口、空肠造口者，保持造口周围皮肤干燥、清洁，定期更换。

（3）特殊用药前后用约30毫升温水冲洗喂养管，药片或药丸经研碎、溶解后注入喂养管。

（4）避免空气输注入胃，引起胀气。

（5）注意放置恰当的管路标识。

（五）肠外营养的护理

1. 评估和观察要点

（1）评估患者病情、意识、合作程度、营养状况。

（2）评估输液通路情况、穿刺点及其周围皮肤状况。

2. 操作要点

（1）核对患者，准备营养液。

（2）输注时建议使用输液泵，在规定时间内匀速输完。

（3）固定管道，避免过度牵拉。

（4）巡视、观察患者输注过程中的反应。

（5）记录营养液使用的时间、量、滴速及输注过程中的反应。

3. 指导要点

（1）告知患者及照护者输注过程中如有不适及时通知护士。

（2）告知患者翻身、活动时保护管路及穿刺点局部清洁干燥的方法。

4. 注意事项

（1）营养液配制后若暂时不输注，密闭冰箱冷藏，输注前室温下复温后再输，保存时间不超过24小时。

（2）等渗或稍高渗溶液可经周围静脉输入，高渗溶液应从中心静脉输入，明确标识。

（3）如果选择中心静脉导管输注，参照静脉导管的维护（PICC/CVC）。

（4）不宜从营养液输入的静脉管路输血、采血。

（六）静脉导管的维护（PICC/CVC）

1. 评估和观察要点

（1）评估患者静脉导管的固定情况，导管是否通畅。

（2）评估穿刺点局部及周围皮肤情况；查看敷料更换时间、置管时间。

（3）PICC维护时应每日测量记录双侧上臂臂围并与置管前对照。

2. 操作要点

（1）暴露穿刺部位，由导管远心端向近心端除去无菌透明敷料。

（2）打开换药包，戴无菌手套，消毒穿刺点及周围皮肤，消毒时应以穿刺点为中心擦拭至少2遍，消毒面积应大于敷料面积。

（3）使用无菌透明敷料无张力粘贴固定导管；敷料外应注明的置管及更换日期、时间和操作者签名。

（4）冲、封管遵循A-C-L原则：A导管功能评估；C冲管；L封管。每次输液前抽回血，确定导管在静脉内，给药前后生理盐水脉冲式冲管，保持导管的通畅。输液完毕使用生理盐水或肝素盐水正压封管，封管液量应2倍于导管+附加装置容积。

（5）输液接头至少每7天更换1次，如接头内有血液残留、完整性受损或取下后，应立即更换。

3. 指导要点

（1）告知患者及照护者保持穿刺部位的清洁干燥，如敷料有卷曲、松动或敷料下有汗液、渗血及时通知护士。

（2）告知患者妥善保护体外导管部分。

4. 注意事项

（1）静脉导管的维护应由经过培训的医护人员进行。

（2）出现液体流速不畅，使用 10 毫升及以上注射器抽吸回血，不可强行推注液体。

（3）无菌透明敷料应至少每 7 天更换 1 次，如穿刺部位出现渗血、渗液等导致的敷料潮湿、卷曲、松脱或破损时应立即更换。

（4）经输液接头进行输液或给药前，应使用消毒剂用力擦拭接头至少 15 秒。

（5）注意观察中心静脉导管体外长度的变化，防止导管脱出。

（七）留置导尿管的护理

1. 评估和观察要点

（1）评估患者年龄、意识状态、心理状况、自理能力、合作程度及耐受力。

（2）评估尿道口及会阴部皮肤黏膜状况。

2. 操作要点

（1）固定引流管及尿袋，尿袋的位置低于膀胱，尿管应有标识并注明置管日期。

（2）保持引流通畅，避免导管受压、扭曲、牵拉、堵塞等。

（3）保持尿道口清洁，女性患者每日消毒擦拭外阴及尿道口，男性患者消毒擦拭尿道口、龟头及包皮，每天 1～2 次。排便后及时清洗肛门及会阴部皮肤。

（4）及时倾倒尿液，观察尿液的颜色、性状、量等并记录，遵医嘱送检。

（5）定期更换引流装置、更换尿管。

(6）拔管前采用间歇式夹闭引流管方式。

(7）拔管后注意观察小便自解情况。

3. 指导要点

(1）告知患者及家属留置导尿管的目的、护理方法及配合注意事项。

(2）告知患者防止尿管受压、脱出的注意事项。

(3）告知患者离床活动时的注意事项。

4. 注意事项

(1）注意患者的主诉并观察尿液情况，发现尿液混浊、沉淀、有结晶时，应及时处理。

(2）避免频繁更换集尿袋，以免破坏其密闭性。

（八）会阴护理

1. 评估和观察

(1）了解患者的病情、意识、配合程度，有无失禁及留置导尿管。

(2）评估病室温度及遮蔽程度。

(3）评估患者会阴清洁程度，会阴皮肤黏膜情况，会阴部有无伤口，阴道流血、流液情况。

2. 操作要点

(1）向患者解释会阴护理的目的和配合要点，准备用物。

(2）协助患者取仰卧位，屈膝，两腿略外展。

(3）臀下垫防水单。

(4）用棉球由内向外、自上而下外擦洗会阴，先清洁尿道口周围，后清洁肛门。

（5）留置尿管者，由尿道口处向远端依次用消毒棉球擦洗。

（6）擦洗完后擦干皮肤，皮肤黏膜有红肿、破溃或分泌物异常时需及时给予特殊处理。

（7）协助患者恢复舒适体位并穿好衣裤，整理床单位，处理用物。

3. 指导要点

（1）告知患者会阴护理的目的及配合方法。

（2）告知女性患者观察阴道分泌物的性状和有无异味等。

4. 注意事项

（1）水温适宜。

（2）女性患者月经期宜采用会阴冲洗。

（3）为患者保暖，保护隐私。

（4）避免牵拉引流管、尿管。

（九）协助沐浴和床上擦浴

1. 评估和观察

（1）评估患者的病情、自理能力、沐浴习惯及合作程度。

（2）评估病室或浴室环境。

（3）评估患者皮肤状况。

2. 操作要点

（1）协助沐浴。

1）向患者解释沐浴的目的及注意事项，取得配合。

2）调节室温和水温。

3）必要时护理人员护送进入浴室，协助穿脱衣裤。

4）观察并记录患者在沐浴中及沐浴后病情变化及沐浴时间。

（2）床上擦浴。

1）向患者解释床上擦浴的目的及配合要点。

2）调节室温和水温。

3）保护患者隐私，给予遮蔽。

4）由上至下，由前到后顺序擦洗。

5）协助患者更换清洁衣服。

6）整理床单位，整理用物。

3. 指导要点

（1）协助沐浴时，指导患者及照护者使用浴室的呼叫器。

（2）告知患者及照护者沐浴时不应用湿手接触电源开关，不要反锁浴室门。

（3）告知患者及照护者沐浴时预防意外跌倒和晕厥的方法。

4. 注意事项

（1）浴室内应配备防跌倒设施（防滑垫、浴凳、扶手等）。

（2）床上擦浴时随时观察病情，注意与患者沟通。

（3）床上擦浴时注意保暖，保护隐私。

（4）保护伤口和管路，避免浸湿、污染及伤口受压、管路打折扭曲。

（十）床上洗头

1. 评估和观察

（1）评估患者病情、配合程度、头发卫生情况及头皮状况。

（2）评估操作环境。

（3）观察患者在操作中、操作后有无病情变化。

2. 操作要点

（1）调节适宜的室温、水温。

（2）协助患者取舒适、方便的体位。

（3）患者颈下垫毛巾，放置马蹄形防水布垫或洗头设施，开始清洗。

（4）洗发后用温水冲洗。

（5）擦干面部及头发。

（6）协助患者取舒适卧位，整理床单位，处理用物。

3. 指导要点

（1）告知患者床上洗头目的和配合要点。

（2）告知患者操作中如有不适及时通知护士。

4. 注意事项

（1）为患者保暖，观察患者病情变化，有异常情况应及时处理。

（2）操作中保持患者体位舒适，保护伤口及各种管路，防止水流入耳、眼。

（3）应用洗头车时，按使用说明书或指导手册操作。

（十一）协助进食和饮水

1. 评估和观察

（1）评估患者病情、意识状态、自理能力、合作程度。

（2）评估患者饮食类型、吞咽功能、咀嚼能力、口腔疾患、营养状况、进食情况。

（3）了解有无餐前、餐中用药，有无特殊治疗或检查。

2. 操作要点

（1）协助患者洗手，对视力障碍、行动不便的患者，协助将食物、餐具等置于容易取放的位置，必要时协助进餐。

（2）注意食物温度、软硬度。

（3）进餐完毕，协助患者漱口，整理用物及床单位。

（4）观察进食中和进食后的反应，做好记录。

（5）需要记录出入量的患者，记录进食和饮水时间、种类、食物含水量和饮水量等。

3. 指导要点

根据患者的疾病特点，对患者或照护者进行饮食指导。

4. 注意事项

（1）特殊饮食的患者，应制定相应的食谱。

（2）与患者及照护者沟通，给予饮食指导。

（3）患者进食和饮水延迟时，做好交接班。

（十二）排尿异常的护理

1. 评估和观察

（1）评估患者病情、意识、自理能力、合作程度，了解患者治疗及用药情况。

（2）了解患者饮水习惯、饮水量，评估排尿次数、量、伴随症状，观察尿液的性状、颜色、透明度等。

（3）评估膀胱充盈度、有无腹痛、腹胀及会阴部皮肤情况；了解患者有无尿管、尿路造口等。

（4）了解尿常规、血电解质检验结果等。

2. 操作要点

（1）尿量异常的护理

1）记录24小时出入液量和尿比重，监测酸碱平衡和电解质变化，监测体重变化。

2）根据尿量异常的情况监测相关并发症的发生。

（2）尿失禁的护理

1）保持床单清洁、平整、干燥。

2）及时清洁会阴部皮肤，保持清洁干爽，必要时涂皮肤保护膜。

3）根据病情采取相应的保护措施，可采用纸尿裤、尿套、尿垫、集尿器或留置尿管。

（3）尿潴留的护理

1）诱导排尿，如调整体位、听流水声、温水冲洗会阴部、按摩或热敷耻骨上区等，保护隐私。

2）留置导尿管定时开放，定期更换。

3. 指导要点

（1）告知患者尿管夹闭训练及盆底肌训练的意义和方法。

（2）指导患者养成定时排尿的习惯。

4. 注意事项

（1）留置尿管期间，注意尿道口清洁。

（2）尿失禁时注意局部皮肤的护理。

（十三）排便异常的护理

1. 评估和观察

（1）评估患者心脑血管、消化系统病情。

（2）了解患者排便习惯、次数、量，粪便的颜色、性状，有无排便费力、便意不尽等。

（3）了解患者饮食习惯、治疗和检查、用药情况。

2. 操作要点

（1）便秘的护理

1）指导患者增加纤维食物摄入，适当增加饮水量。

2）指导患者按摩腹部，鼓励适当运动。

3）指导患者每天训练定时排便。

4）指导照护者正确使用通便药物，必要时灌肠处理。

（2）腹泻的护理

1）观察记录生命体征、出入量等。

2）保持会阴部及肛周皮肤清洁干燥，评估肛周皮肤有无破溃、湿疹等，必要时涂皮肤保护剂。

3）合理饮食，协助患者餐前、便前、便后洗手。

4）记录排便的次数和粪便性状，必要时留取标本送检。

（3）大便失禁的护理

1）评估大便失禁的原因，观察并记录粪便的性状、排便次数。

2）必要时观察记录生命体征、出入量等。

3）做好会阴及肛周皮肤护理，评估肛周皮肤有无破溃、湿疹等，必要时涂皮肤保护剂。

4）遵医嘱指导患者及照护者合理膳食。

5）指导患者根据病情和以往排便习惯，定时排便，进行肛门括约肌及盆底肌肉收缩训练。

3. 指导要点

（1）指导患者合理膳食。

（2）指导患者养成定时排便的习惯，适当运动。

4. 注意事项

（1）大便失禁、腹泻患者，应注意观察并护理肛周皮肤情况。

（2）腹泻者注意观察有无脱水、电解质紊乱的表现。

（十四）卧位护理

1. 评估和观察

（1）评估患者病情、意识状态、自理能力、合作程度。

（2）了解诊断、治疗和护理要求，选择体位。

（3）评估自主活动能力、卧位习惯。

2. 操作要点

（1）平卧位

1）垫薄枕，头偏向一侧。

2）昏迷患者注意观察神志变化，谵妄患者应预防发生坠床，必要时使用约束带。

3）做好呕吐患者的护理，防止窒息，保持舒适。

4）注意观察皮肤、压疮。

（2）半坐卧位

1）仰卧，床头支架或靠背架抬高30°~60°，下肢屈曲。

2）放平时，先放平下肢，后放床头。注意观察皮肤、压疮。

（3）端坐卧位

1）坐起，床上放一跨床小桌，桌上放软枕，患者伏桌休息；必要时可使用软枕、靠背架等支持物辅助坐姿。

2）防止坠床，必要时加床挡，做好背部保暖。注意观察皮肤、压疮。

3. 指导要点

(1) 协助并指导患者按要求采用不同体位,掌握更换体位时保护各种管路的方法。

(2) 告知患者调整体位的意义和方法,注意适时调整和更换体位,如局部感觉不适,应及时通知医务人员。

4. 注意事项

(1) 注意各种体位承重处的皮肤情况,预防压疮。

(2) 注意各种体位的舒适度,及时调整。

(3) 注意各种体位的安全,必要时使用床挡或约束带。

(十五) 体位转换

1. 评估和观察

(1) 评估病情、意识状态、皮肤情况,活动耐力及配合程度。

(2) 评估患者体位是否舒适。

(3) 翻身或体位改变后,检查各导管是否扭曲、受压、牵拉。

2. 操作要点

(1) 协助患者翻身

1) 检查并确认病床处于固定状态。

2) 妥善安置各种管路,翻身后检查管路是否通畅。

3) 轴线翻身时,保持整个脊椎平直,翻身角度不可超过60°,有颈椎损伤时,勿扭曲或旋转患者的头部、保护颈部。

4) 记录翻身时间。

(2) 协助患者体位转换

1) 卧位到坐位的转换,长期卧床患者注意循序渐进,先半坐卧位,再延长时间逐步改为坐位。

2）协助患者从床尾移向床头时，根据患者病情放平床头，将枕头横立于床头，向床头移动患者。

3. 指导要点

（1）告知患者及照护者体位转换的目的、过程及配合方法。

（2）告知患者及照护者体位转换时和转换后的注意事项。

4. 注意事项

（1）注意各种体位转换间的患者安全，保护管路。

（2）注意体位转换后患者的舒适；观察病情、生命体征的变化，记录体位调整时间。

（3）协助患者体位转换时，不可拖拉。

（4）注意各种体位受压处的皮肤情况，做好预防压疮的护理。

（十六）轮椅与平车使用

1. 评估和观察

（1）评估患者生命体征、病情变化、意识状态、活动耐力及合作程度。

（2）评估自理能力、治疗以及各种管路情况等。

2. 操作要点

（1）轮椅。

1）患者与轮椅间的移动：① 使用前，检查轮椅性能，从床上向轮椅移动时，在床尾处备轮椅，轮椅应放在患者健侧，固定轮椅。护士协助患者下床、转身、坐入轮椅后，放好足踏板；② 从轮椅向床上移动时，推轮椅至床尾，轮椅朝向床头，并固定轮椅。护士协助患者站起、转身、坐至床边，选择正确卧位；③ 从轮椅向坐便器移动时，轮椅斜放，使患者的健侧靠近坐便器，固定轮椅。协助患者足部离开足踏板,健侧手按到轮椅的扶手,护士协助其站立、转身,坐在坐便器上;④从坐便器上转移到轮椅上时,按从轮椅向坐便器移动的程序反向进行。

2)轮椅的使用:① 患者坐不稳或轮椅下斜坡时,用束腰带保护患者;② 下坡时,倒转轮椅,使轮椅缓慢下行,患者头及背部应向后靠;③如有下肢水肿、溃疡或关节疼痛,可将足踏板抬起,并垫软枕。

(2)平车。

1)患者与平车间的移动:① 能在床上配合移动者采用挪动法;儿童或体重较轻者可采用1人搬运法;不能自行活动或体重较重者采用2~3人搬运法;病情危重或颈、胸、腰椎骨折患者采用4人以上搬运法;② 使用前,检查平车性能,清洁平车;③ 借助搬运器具进行搬运;④ 挪动时,将平车推至与床平行,并紧靠床边,固定平车,将盖被平铺于平车上,协助患者移动到平车上,注意安全和保暖;⑤ 搬运时,应先将平车推至床尾,使平车头端与床尾成钝角,固定平车,1人或以上人员将患者搬运至平车上,注意安全和保暖;⑥ 拉起护栏。

2)平车的使用:① 头部置于平车的大轮端;② 推车时小轮在前,车速适宜,拉起护栏,护士站于患者头侧,上下坡时应使患者头部在高处一端;③ 在运送过程中保证输液和引流的通畅,特殊引流管可先行夹闭,防止牵拉脱出。

3. 指导要点

(1)告知患者在使用轮椅或平车时的安全要点以及配合方法。

(2)告知患者感觉不适时,及时通知医务人员。

4. 注意事项

（1）使用前应先检查轮椅和平车，保证完好无损方可使用；轮椅、平车放置位置合理，移动前应先固定。

（2）轮椅、平车使用中注意观察病情变化，确保安全。

（3）保护患者安全、舒适，注意保暖。

（4）遵循节力原则，速度适宜。

（5）搬运过程中，妥善安置各种管路和监护设备，避免牵拉。

三、心理支持和人文关怀

心理支持的目的是恰当应用沟通技巧与患者建立信任关系，引导患者面对和接受疾病状况，帮助患者应对情绪反应，鼓励患者和家属参与，尊重患者的意愿做出决策，让其保持乐观顺应的态度度过生命终期，从而舒适、安详、有尊严离世。

（一）心理社会评估

1. 评估和观察

评估患者的病情、意识情况，理解能力和表达能力。

2. 操作要点

（1）收集患者的一般资料。包括年龄、性别、民族、文化程度、信仰、婚姻状况、职业环境、生活习惯、嗜好等。

（2）收集患者的主观资料。包括患者的认知能力、情绪状况及行为能力，社会支持系统及其利用；对疾病的主观理解和态度以及应对能力。

（3）收集患者的客观资料。通过体检评估患者生理状况，患者的睡眠、饮食方面有无改变等。

（4）记录有关资料。

3. 注意事项

(1) 与患者交谈时确立明确的目标,获取有效信息。

(2) 沟通时多采用开放式提问,鼓励患者主动叙述,交谈后简单小结,核对或再确认交谈的主要信息。

(3) 交谈时与患者保持适度的目光接触,注意倾听。

(4) 保护患者的隐私权与知情权。

(5) 用通俗易懂的语言解释与疾病相关的专业名词。

(二) 医患沟通

1. 评估和观察

(1) 患者的意识状态和沟通能力。

(2) 患者和家属对沟通的心理需求程度。

2. 操作要点

(1) 倾听并注视对方眼睛,身体微微前倾,适当给予语言回应,必要时可重复患者语言。

(2) 适时使用共情技术,尽量理解患者情绪和感受,并用语言和行为表达对患者情感的理解和愿意帮助患者。

(3) 陪伴时,对患者运用耐心、鼓励性和指导性的话语,适时使用治疗性抚触。

3. 注意事项

(1) 言语沟通时,语速缓慢清晰,用词简单易理解,信息告知清晰简短,注意交流时机得当。

(2) 非言语沟通时,表情亲切、态度诚恳。

（三）帮助患者应对情绪反应

1. 评估和观察

（1）评估患者的心理状况和情绪反应。

（2）应用恰当的评估工具筛查和评估患者的焦虑、抑郁程度及有无自杀倾向。

2. 操作要点

（1）鼓励患者充分表达感受。

（2）恰当应用沟通技巧表达对患者的理解和关怀（如：倾听、沉默、触摸等）。

（3）鼓励家属陪伴，促进家属和患者的有效沟通。

（4）指导患者使用放松技术减轻焦虑，如深呼吸、放松训练、听音乐等。

（5）帮助患者寻找团体和社会的支持。

（6）指导患者制定现实可及的目标和实现目标的计划。

（7）如患者出现愤怒情绪，帮助查找引起愤怒的原因，给予有针对性的个体化辅导。

（8）如患者有明显抑郁状态，请心理咨询或治疗师进行专业干预。

（9）如患者出现自杀倾向，应及早发现，做好防范，预防意外发生。

3. 注意事项

（1）提供安宁、隐私的环境，减少外界对情绪的影响。

（2）尊重患者的权利，维护其尊严。

（3）正确识别患者的焦虑、抑郁、恐惧和愤怒的情绪，帮助其有效应对。

(四) 尊重患者权利

1. 评估和观察

(1) 评估患者是否由于种族、文化和信仰的差异而存在特殊的习俗。

(2) 评估患者知情权和隐私权是否得到尊重。

2. 操作要点

(1) 对入院患者进行入院须知的宣教。

(2) 为患者提供医疗护理信息,包括治疗护理计划,允许患者及其家属参与医疗护理决策、医疗护理过程。

(3) 尊重患者的价值观与信仰。

(4) 诊疗过程中保护患者隐私。

3. 注意事项

(1) 尊重患者的权利和意愿。

(2) 在诊疗护理过程中能平等地对待患者。

(五) 社会支持系统

1. 评估和观察

(1) 观察患者在医院的适应情况。

(2) 评估患者的人际关系状况,家属的支持情况。

2. 操作要点

(1) 对患者家属进行教育,让家属了解治疗过程,参与其中部分心理护理。

(2) 鼓励患者亲朋好友多陪在患者身边,予以鼓励。

3. 注意事项

（1）根据患者疾病的不同阶段选择不同的社会支持方式。

（2）指导患者要积极地寻求社会支持，充分发挥社会支持的作用。

（六）死亡教育

1. 评估和观察

（1）评估患者对死亡的态度

（2）评估患者的性别、年龄、受教育程度、疾病状况、应对能力、家庭关系等影响死亡态度的个体和社会因素。

2. 操作要点

（1）尊重患者的知情权利，引导患者面对和接受当前疾病状况。

（2）帮助患者获得有关死亡、濒死相关知识，引导患者正确认识死亡。

（3）评估患者对死亡的顾虑和担忧，给予针对性的解答和辅导。

（4）引导患者回顾人生，肯定生命的意义。

（5）鼓励患者制定现实可及的目标，并协助其完成心愿。

（6）鼓励家属陪伴和坦诚沟通，适时表达关怀和爱。

（7）允许家属陪伴，与亲人告别。

3. 注意事项

（1）建立相互信任的治疗性关系是进行死亡教育的前提。

（2）坦诚沟通关于死亡的话题，不敷衍不回避。

（3）患者对死亡的态度受到多种因素影响，应尊重。

（七）哀伤辅导

1. 评估和观察

（1）观察家属的悲伤情绪反应及表现。

（2）评估患者家属心理状态及意识情况，理解能力和表达能力和支持系统。

2. 操作要点

（1）提供安静、隐私的环境。

（2）在尸体料理过程中，尊重逝者和家属的习俗，允许家属参与，满足家属的需求。

（3）陪伴、倾听，鼓励家属充分表达悲伤情绪。

（4）采用适合的悼念仪式让家属接受现实，与逝者真正告别。

（5）鼓励家属参与社会活动，顺利度过悲伤期，开始新的生活。

（6）采用电话、信件、网络等形式提供居丧期随访支持，表达对居丧者的慰问和关怀。

（7）充分发挥志愿者或社会支持系统在居丧期随访和支持中的作用。

3. 注意事项

（1）悲伤具有个体化的特征，其表现因人而异，医护人员应能够识别正常的悲伤反应。

（2）重视对特殊人群如丧亲父母和儿童居丧者的支持。

中国文化视野下的安宁照护

导　语

　　张曙光认为:"人有三重生命,一是自然生理性的肉体生命,二是关联而又超越自然生理性的精神生命,三是关联人的肉体和精神而又赋有某种客观普遍性的社会生命。"他还提出,人的这三重生命构成了人的具体而完整的生命存在或称之为生命系统,(它们)是一个互为前提、互为因果、循环往复的生命流程。精神生命的探讨最早可能源于哲学领域,在西方哲学视域中,生命哲学更多地表现为理性主义与基督教情怀的生命观;在中国传统哲学中,儒家、道家以及佛学则偏重于感性主义,强调天人合一的诗意境界。精神生命在其内涵上更注重智、仁、勇,从而形成了生命哲学学说,而人文关怀的知、情、意三位一体无论在教育还是管理层面均与精神生命的整体性息息相关,从而构成了现代生命关怀的核心价值观。本文正是通过中国文化视野下对生命关怀的理解认识和儒、道、佛三家生死观的阐述,强调安宁照护在生命终极关怀中的地位和作用,并通过国内外安宁照护现状的比较分析,阐明当今中国人口老龄化社会对安宁照护的迫切需求,并通过笔者安宁照护个案体验的真实过程,展示对患者死亡的尊重和生命的终极关怀,从而创建"优逝"的至高境界。

　　蒂里希将精神生命解读为超越自然生命的存在。他说:"作为精神而完成的生命,既包容着真理,又包容着激情;既包容着屈服,又包容着里比多;既包容着正义,又包容着强力意志。"安宁照护的目的正是关注人的精神生命，达到真理、激情、屈服和正义等的和谐统一，顺其自然，生得自然、死得尊严。

1. **概念导入：安宁照护是生命终极关怀**

   1.1　安宁照护的定义

   "Hospice care"在英国称为"安宁疗护"，在我国台湾地区被译为"安宁照护"，在香港地区被译作"善终服务"，而内地则称之为"临终关怀"，其内涵皆相同，意为：帮助那些濒临死亡的人及照顾者，提供全面的照护，包括医疗、护理、精神等方面，以使临终病人的生命受到尊重，症状得到控制，心理得到安慰，生命质量得到提高，能够较为平静地认识和接受死亡，同时也使病人照顾者的身心健康得到维护。"安宁照护"这一名词更具人文关怀特性，它强调的是让病人在有限的生命中得到充分的满足和安慰，享受生命的最后阳光，达到"优逝"境界，这是一种对生命的终极关怀。

   1.2　优逝境界

   优逝即"优死"，又称"尊严死""善终"等，是指在适宜的环境和时间内让患者不恐惧、不孤单，没有痛苦、没有遗憾地离世。优逝是一种新的死亡观，是一种坦然迎接自然死亡的死亡观。

   "优逝"的原则包括：

   （1）病人知道死亡来临的预期时间，同时能理解预期结果。在这一段时间内能自主所发生的一切，并享有尊严和隐私权。

   （2）有机会选择死亡地点，包括家中或其他地方。

   （3）有权减轻痛苦和缓解其他症状，能获得所需要的精神上或情感上的支持。

   （4）在任何地方都可以获得关怀，而不仅仅在医院，同时能获得所需要的任何信息与专门经验。

（5）有道别的时间，并有权决定其他时间的安排；有权决定谁到场探视以及谁能与之分享最后的时光；能在生前颁布遗嘱来确保自己的愿望得到尊重。永别之时能够及时离去，而不无意义地拖延生命。

1.3 安宁照护的目的

安宁照护的目的是舒缓临终病人身心的极度痛苦，维护病人的生命尊严，帮助他们安宁地度过生命的最后阶段，并不乞求延长他们痛苦状态下的生命。对临终病人疼痛等心身症状的缓解和控制以及对死亡前后病人家属的慰藉和支持是安宁照护的重点。

美国老年病学会制定的安宁照护八大要素包括：

（1）缓解病人肉体和精神症状，以减少痛苦。

（2）采取能让病人表现自己愿望的治疗手段，以维护病人的尊严。

（3）避免不适当的、有创伤的治疗。

（4）在病人还能与人交流时，给病人和家属提供充分的时间相聚。

（5）给予病人尽可能好的生命质量。

（6）将家属的医疗经济负担减少到最小程度。

（7）所花医疗费用要告知病人。

（8）给死者家庭提供治丧方面的帮助。

2. 中国文化中"生死观"的解析：让生命有尊严地谢幕

儒家、道家、佛家作为中国传统文化的主要思想流派，在中国文化史上不断斗争、相互融合并对中国传统文化产生了深远的影响。在某种程度上可以说，中国的思想文化史就是儒、道、佛三家思想发展的历史。而国人对死亡的看法也明显受这些思想的影响。

2.1 儒家生死观

数千年来,儒家思想在中国思想史上一直占据着统治地位,是中国封建社会文化的主导。儒家在关于生死的问题上明显表达了重生、乐生而讳死的倾向。季路向孔子请教有关"事鬼神"的问题时,孔子说:"未能事人,焉能事鬼?"季路请教有关"死"的道理,孔子说:"未知生,焉知死?"从孔子的这两句话可以看出,孔子始终把"人"的"生"放在首位,而对于"事鬼"和"生死"问题采取了回避态度,透露着重视人生、避讳谈死的生死观念。

孔子站在滔滔东去的江边感叹生命:"逝者如斯夫,不舍昼夜。"生命是短暂的,就像滔滔江水一样,一去不复返。面对这转眼即至的"死亡",儒家表现出了自己的"抗拒"。

(1) 在人生中创造"不朽"。在面临生死与仁义、生死与名节的重大抉择时,儒家会毫不犹豫地慷慨赴死,以此达到生命的"不朽"。孔子说:"志士仁人,无求生以害仁,有杀身以成仁。"孟子说:"生,亦我所欲也;义,亦我所欲也。二者不可得兼,舍生而取义者也。"文天祥有诗:"人生自古谁无死,留取丹心照汗青。"这些都是儒家死亡观的写照。

(2) 子孙家族的嗣续。大多数中国人认为子孙后代是自己血脉和生命的延续。"不孝有三,无后为大",在中国的封建时代,若一个家庭不能生育或没有生出男孩来,便会受到整个家族和社会的歧视。

(3) 重生安死,善始善终。孔子说:"生,事之以礼;死,葬之以礼,祭之以礼。"面对死亡,中国人有着复杂的丧葬、祭祀礼仪,而这些礼节仪式所要表达的绝不仅仅是人的悲痛之情,更重要的是在为人的灵魂归宿做充分准备。

2.2 道家生死观

道家文化是中国的本土文化,在生死问题上道家始终把人的生命放在首位。老子认为,人生在世,处处都充满着危险,生命随时都受到威胁,稍不注意便会坠入死地。老子认为只有极少数人会长寿,而大多数人都会由于各种原因而夭亡。因而,相对于其他一切来说,生命便显得尤为宝贵。庄子则认为追求外在的事物,无论是名还是利,都不值得,只有生命才是最重要的。

为了延年益寿,道家主张养生,提出了以养神为主的养生原则,主张把一切的烦恼加以模糊、淡化甚至忘却,在尘世中保持内心的平静、超脱,努力使自己精神舒畅自由。道家相信通过形神、内外的修养,必定可以使人长寿。同时,道家认为长生应以身体健康为基础,因此注重行医以祛病除灾,注重锻炼以防病治病。

然而,道家对生命的极端重视,并不妨碍他们对死的问题的思索。道家崇尚一种自然的人生态度,主张以平常心来对待生死,认为人不应该为了出生而欢天喜地,同样也不要因为死而呼天抢地。无拘无束地来,无牵无挂地去,不忘记自己的来源,也不追求自己的归宿,一切顺应自然。老子认为,人生顺应自然就可以达到与道同体的境界。庄子认为,人的生与死不过是气的聚散形式转化而已,气聚而生,气散而死,人生不过是从无气到有气,从无形之气到有形之气,从无生之形到有生之形的过程,而死亡则是这种转化的回归,一切都是自然而然的。既然生与死是人所不可避免的,那么只能顺应自然,因此道家的生死观是一种新的、乐观的死亡哲学。

2.3 佛教的生死观

相对于儒家的乐天知命和道家顺应自然的生死观,佛教认为生与死是人生循环过程中的两个阶段，二者都是苦，人所要追求的是摆脱生死的束缚，超脱轮回，从而达到涅槃的极乐境界。

佛教认为生死是一个循环、轮回的过程，虽然从教义上看，佛教并不强调生与死孰轻孰重，但无论是为了来世的幸福而强调今世的"善业"，还是为了达到涅槃所行的苦修，都是为了得到生活的宁静与幸福，表现了对现实生活的热爱、对生命的珍视。由此看来，佛教对于生还是更为重视的。

3. 国内外现状分析：深入探索安宁照护

3.1 我国安宁照护起步较晚，需紧跟时代步伐

1968年，世界上第一所安宁疗护所在英国伦敦建立，它是由Cicely Saunders医生创立的。1974年，美国的第一个安宁照护所也成立了。紧接着欧洲及世界上其他一些国家、地区甚至包括南非都纷纷建立了安宁照护机构。1988年，中国天津医科大学成立了国内第一所安宁照护研究中心。在我国的安宁照护发展史中，早期三年有一个上升曲线，形势较好，随后出现了停滞期，这是由于受到许多因素的影响，例如经济实力落后、人口素质低下、传统死亡观念根深蒂固等，安宁照护一直未得到社会认可，既无科学前景预测，经过培训的从业人员也甚少。这些都阻碍了安宁照护在我国发展的步伐。随着社会的发展和全球老龄化问题的加剧，临终关怀的重要性愈加凸显，人们会受到各种疾病的折磨，即使生存时间久，生活质量也得不到保障。近年来，我国对安宁照护逐渐重视起来。1998年，"李嘉诚基金会"在汕头大学医学院第一附属医院成立了全国首家宁养院，并开展了"全国宁养医疗服务计划"。这家宁养院是迄今为止我国唯一免费上门为贫困的癌症末期病人提供镇痛治疗、心理辅导

等各方面照护服务的临终关怀机构,可谓开全国之先河。2010年,北京老年医院正式成立了"关怀病房",这是北京市三级老年医院中的首家"生命关怀病房"。

虽然我国的安宁照护正慢慢得到关注,但始终处于较低水平。一项对80个国家临终关怀质量的调查研究表明,只有34个国家有能力提供良好的临终关怀服务。其中医疗水平发达、医疗体系健全的富裕国家能提供高质量的服务并不意外,如英国,临终护理服务质量几乎满分;而一些欠发达的国家也在榜单前列,这些国家呼吁的便是让所有人都能体面、无痛地离去。中国在榜单上排在第71位,这说明中国作为人口大国,临终服务并没有跟上经济发展的步伐。报告指出,中国必须在日后全力提升临终关怀质量,同时也必须准备好为心脏病、肿瘤、老年痴呆症患者提供优质的安宁照护。

3.2 病人、照顾者、从业人员缺乏对安宁照护的正确认知

以安宁照护开展较为领先的国家美国为例。在美国,安宁照护仍被广泛误解且未被充分利用,有些不愿意承认自己医疗方案失败的医生一直拖延到病人快离世了才转介安宁照护,大多数病人得到安宁照护的时间少于1个月。美国安宁疗护和缓和疗护组织的主席Karen Davie指出,美国每3个可以利用安宁照护的病人中只有1个接受安宁照护,另外2个还在受不必要的苦。美国National Hospice Foundation的调查显示,75%的美国人不知道安宁照护可以在家中进行,90%的人不知道医疗保险会支付他们的费用。美国医生Bradley对231名医生进行临终知识、态度和行为的评估显示:48.3%的医生认为所接受的培训能很好地照护临终患者的症状;74.5%的医生认为向患者及照顾者告知死亡是困难的;33.9%的医生认为第一次

和患者及照顾者讨论安宁照护，往往会使他们失去希望。Brickner 等对 125 名医生关于临终关怀照护障碍的调查表明：37% 的医生认为向患者预告 6 个月之内的死亡是临终关怀服务最大的障碍，医生缺乏给予患者临终关怀指导的知识。许多调查研究显示，医护人员对临终关怀照护的态度还需进一步改善。Wenger 等人对 443 名犹太人医生的调查显示：医生的宗教信仰会影响到其对临终患者的照护态度和行为。Scheriner 等人对日本医护人员的调查显示：94.6% 的护理人员认为临终关怀服务会改善临终患者的生命质量，85.7% 的护士认为医生没有足够的时间与患者及照顾者讨论照护计划。

在中国，病人、照顾者及从业人员对安宁照护的正确认知更是贫乏。很多研究均表明，医护从业人员本身对安宁照护的了解非常匮乏。如一项研究显示，虽然 76.8% 的从业人员接触过临终患者，但仅有 8.5% 的人对安宁照护的知识非常了解，且仅有 63.2% 的人认为临终患者可以用胃管进行营养支持，50% 的人认为音乐疗法和足底按摩能够缓解癌性疼痛。这些专业知识的缺乏使得安宁照护的展开显得更为生涩，发展受到阻碍，这也充分说明安宁照护专业知识需要提升。赵锦秀等人对 104 例晚期肿瘤患者的临终关怀和心理状况调查显示：14.4% 的患者了解或曾接受过临终关怀知识的介绍，38.5% 的人部分了解，47.1% 的人不了解或从未听说过。可见医护人员和社会对临终关怀的认知普遍存在不足，我国临终关怀服务的开展及服务内容远远落后于国外。对医护人员及社会临终关怀知识的培训和宣传远远跟不上社会的发展，患者及照顾者对选择接受临终关怀的心理障碍及伦理问题也是导致我国临终关怀发展迟缓的一个原因。因此，必须建立适合我国国情的统一的《安宁照护实践指南》，为提高专业人员的认知以及更好地为临终患者及其照顾者提供服务提供专业指导。

3.3 亟须构建《安宁照护实践指南》，满足健康中国老龄化护理之迫切需求

国家卫计委提出，"十三五"期间必须满足老龄化社会的特殊护理需求，打造健康中国。随着国际上安宁照护的迅速发展，对安宁照护知识及专业人员的需求量也会快速增加，从医学教育到从业人员的教育，从医院的安宁照护软性人文环境建设到硬件设施建设，都将是发展的重点。新加坡的"连氏基金会"委托"经济学人信息社"做了一项有关全球"死亡质量"指数的详尽报告，报告于2010年正式公布。该报告调查访问了40个国家的医生、专家和医疗人员，对这些医护人员所在国家人们的"死亡质量"进行统计，统计内容包括临终医疗、病人能否及时得到减轻痛苦的服务以及医生的透明度等多项指数。该报告显示，全球每年有1亿多临终病人及照顾者需要"安宁照护"服务，但能够享受到该服务的病人不到总人数的8%，这提示仅仅注重生活质量远远达不到追求"死亡质量"的要求。中国在推动和提供有关安宁照护的服务与素质方面必须加大力度，只有这样才能解决人口老龄化带来的需求增长问题，而其中的"生死教育"更是不可或缺的一个环节，在此教育方针的指引下，建构我国的《安宁照护实践指南》乃必要之任务。

（李惠玲　刘　璐）

注：本文原载于《中华现代护理杂志》，2015（33）：4002—4006。